キャラクターを織り上げる

宮沢賢治の動物誌

神田彩絵
Kanda Sae

青弓社

宮沢賢治の動物誌——キャラクターを織り上げる

目次

第8章 ネコ——世界を泳ぐ自由なもの 220

装画――カシワイ
装丁――Malpu Design［清水良洋］

凡例

・引用した宮沢賢治のテクスト本文は、宮沢清六／天沢退二郎編『新校本 宮澤賢治全集』第八巻―第十二巻（筑摩書房、一九九五―九六年）に依拠している。

・日本語の引用文献は句読点を「、」「。」に統一している。

・漢字の旧字体は原則新字体に改め、旧仮名遣いはそのまま引用している。

・引用者の補足は〔　〕でくくり、引用者注であることを適宜明記している。

まえがき――イーハトーブ童話のキーアニマルたち

交ざり合う動物観

ヒトは、ヒト以外の動物に対して様々な幻想を抱く。奥野卓司と秋篠宮文仁は、動物に対するヒトのまなざしを、「実際の動物を客観的に分析しているのではなく、自己のイリュージョンとして見える動物を独自解釈しており、常にその動物を通して「自分語り」をしている」(1)と指摘する。ヒトが、ネコやイヌなどの身近な伴侶動物《コンパニオンアニマル》の鳴き声やしぐさ、庭先で鳴く小鳥の声に意味を見いだす根底には、動物に対する〝こうあってほしい〟という願望がある。だから、動物に対するヒトの態度――動物観は、宗教・国・時代、そして個人の経験によってがらりと変化する。動物観はヒトの数だけ存在するといえるだろう。

動物観という言葉を用いた研究は、科学史家の中村禎里によって一九八五年に始められた。その後、九〇年に、中村とは別の取り組みとして動物観研究会が発足して現在に至る。この研究のなかで、日本人の動物への関わり方が、近代を境に大きく変化していることが明らかになった。

古来、日本の物語には、『古事記』(七一二年ごろ)の八咫烏や『鳥獣戯画』(2)(十二、三世紀ごろ)のカエル、ウサギ、サルに代表されるように動物が頻繁に登場する。これは日本人が、すべてのものに霊的な性格を重ねるアニミズムという思考法を保有しつづけてきたためだ。中沢新一は、アニミズムを「人間の普遍的な心的構造の一部[3]」であると指摘する。ヒトは、ヒト以外の「大きな生命のつながりを生きている[4]」すべてのものに霊魂が宿っていると考えることで、ヒト以外の生命との間に「絆」という名の通路を生み出してきた。

この思考法は、ヒトとヒト以外の間につながりを作るが、同時に明確な線引きをする。近代以前の日本人は、ヒト以外のすべてのものを同じ世界で生きる〈他者〉として考え、ときに自分たちを脅かすほどの力をもつことも許容していた。

しかし、江戸時代末期に鎖国が解除され、博物学と同時に自然を管理するという考え方が流入したことをきっかけに、この絆は少しずつ薄れていくことになる。博物学とは自然科学である。自然に存在するものを収集し分類する学問であり、そこには魔力や神性が入り込む余地はない。こうして、神性が剝がされ管理されることになった動物たちは、ヒトが理解できる存在として、ヒトの延長線上で語られるように変化していく。

興味深いのは、一八九六年（明治二十九年）生まれの宮沢賢治が創作した一連の童話群「イーハトーブ童話」である。この童話群では、日本古来の動物観と輸入された新しい動物観が交ざり合っている。イーハトーブ童話の動物たちは、大きな変革がもたらされた時代のただなかだからこそ生まれたキャラクターなのではないだろうか。

ファンタジー世界：イーハトーブ

イーハトーブという世界について論じるときに、必ず引用されるものがある。それは、宮沢賢治自身がイーハトーブについて解説した『注文の多い料理店』（東京光原社、一九二四年）の広告ちらし（大）だ。これによると、イーハトーブは宮沢賢治の「心象中に、この様な状景をもつて実在したドリームランドとしての日本岩手県」である。そして、「偽でも仮空でも窃盗でもない（略）その時心象の中に現はれたもの」である童話集は「作者の心象スケッチ」だと傍点で強調されている。こうした背景から、イーハトーブ童話は作家論の視点で盛んに論じられ、宮沢賢治の家族関係や上京、死別など、人生の節目になる経験の切り口から読み解かれることがほとんどだった。しかし同時に、宮沢賢治はこの広告ちらし（大）で、「多少の再度の内省と分折《（ママ）》とはあつても」と、イーハトーブ童話はあくまでも童話として、フィクションの形態に整えたものであるとも述べている。イーハトーブは、宮沢賢治の心のなかをそのままさらけ出したものではなく、彼によって創造されたファンタジー世界なのだ。作者は、ルイス・キャロルの『不思議の国のアリス』やアンデルセン童話、レフ・トルストイの『イワンのばか』、そして出身地・岩手県を中心とする地域の民俗伝承など、様々なテクストを縦糸と横糸にして独自の〈異世界〉を織り上げたのである。

　イーハトーブ童話の登場人物にはヒト以外の動物が多いため、研究当初から動物観への言及もなされてはいた。だが、そのほとんどは個別のテクスト、ないし『注文の多い料理店』に収録されたテクストの範囲にとどまっている。これは、生前に出版された童話集がたった一冊――つまり遺稿の多くが未発表であることが大きな要因だろう。だが、『注文の多い料理店』が十二巻シリーズの一巻目として刊行されたことや、「蜘蛛となめくぢと狸」の草稿表紙に鉛筆で書かれた童話集構想と推定されるメモなど、生前未発表も含めたすべての童話がイーハトーブというファンタジー世界を舞台にしていると推定できる形跡はいくつもある。

そこで本書では、童話形式のテクストすべてをイーハトーブという一つのファンタジー世界のなかで展開された物語と定義することで、各動物のキャラクターを横断分析し、イーハトーブ独自の動物観を見いだそうと試みる。さらに、東北地方を中心とする日本の民俗伝承や世界の伝説、寓話、童話、小説などと比較することによって、副産物としてではあるが日本人の動物観の変遷についてもいくらか言及する。

テクストは織物である。動物観という視点で丁寧に糸をほぐしていくことで、イーハトーブ童話のルーツを探ることができるのだ。

キーアニマルを探せ

本書でイーハトーブ童話と定義するテクストは、宮沢清六／天沢退二郎編『新校本 宮澤賢治全集』第八巻から第十二巻（筑摩書房、一九九五―九六年）に童話として収録されているものだが、これらを概観すると、動物は種類によって登場話数が偏っていることに気がつく。イーハトーブ童話には繰り返し登場する動物――キーパーソンならぬキーアニマル――がいるのだ。

では、実際にどの動物がどの程度登場しているのか。これを明らかにするため、動物がテクストに登場する話数を種類ごとに集計して一覧化する。[5]集計対象のテクストは「初期形」「先駆形」「断片」（本文が最終形態に至るまでの過渡的な形態であり、かつ、重要な意義があると判断され、段階別に収録されたテクスト）とされているものを除いた九十六話で、算出する動物は発言する場面がある登場人物として描かれている場合に限定し、比喩表現や、登場人物同士の会話のなかに名前が登場するだけのものは対象外にする。ただし、例外として「注文の多い料理店」の山猫は、テクスト中ではっきりとネコであることは述べられていないが、前後の文脈からレストランの経営者を山猫と判断し、カウントの対象として処理する。

例としてヨタカを挙げてみる。この場合、ヨタカという単語が登場するテクストは五話あるが、登場人物として描かれているテクストは一話だけである。したがって、ヨタカの登場話数は一話になる。

〔例〕ヨタカ

「双子の星」

私共の世界が旱の時、瘠せてしまった夜鷹やほととぎすなどが、それをだまって見上げて、残念さうに咽喉をくびくびさせてゐるのを時々見ることがあるではありませんか。

「あまのがはの　にしのきしを、
すこしはなれた　そらの井戸。
みずはころゝ、そこもきらら、

まはりをかこむ　あをいほし。
夜鷹ふくろう、ちどり、かけす、
来よとすれども、できもせぬ。」

「林の底」

「どうも私は鳥の中に、猫がはいってゐるやうに聴いたよ。たしか夜鷹もさう云ったし、烏も云ってゐたやうだよ。」

「タネリはたしかにいちにち嚙んでゐたやうだった」

「栗の木食って　栗の木死んで
かけすが食って　子どもが死んで
夜鷹が食って　　かけすが死んで
鷹は高くへ飛んでった。」やどりぎが、上でべそをかいたやうなので、タネリは高く笑ひました。

「よだかの星」

ある夕方、たうたう、鷹がよだかのうちへやって参りました。

「おい。居るかい。まだお前は名前をかへないのか。ずゐぶんお前も恥知らずだな。お前とおれでは、よっぽど人格がちがふんだよ。たとへばおれは、青いそらをどこまでも飛んで行く。おまへは、曇ってうすぐらい日か、夜でなくちゃ、出て来ない。それから、おれのくちばしやつめを見ろ。そして、よくお前のとくらべて見るがいゝ。」

「鷹さん。それはあんまり無理です。私の名前は私が勝手につけたのではありません。神さまから下さったのです。」

（傍点は原文、傍線は引用者）

表0―1は、この条件で話数を算出し、登場数が多い順に上位十三種を列挙したものである。本書では、キャラクターの性格や特徴を分析できるだけの登場シーンが認められる話数で区切り、登場割合が高い順にネコからタヌキまでの八種をキーアニマルとして分析対象にした。ウサギは「貝の火」、ゾウは「オツベルと象」という有名なテクストがあるので、キーアニマルに含めないことを意外に思われるかもしれない。だが、これらの動物はこのほか二作品に登場しているが、その登場シーンはいずれもほんの少しで、比較検討が非常に難しく作品論に終始してしまう。このような動物はキーアニマルではないと判断した。とはいえ、彼らもイーハトーブを構成する動物であることは事実であり、主役になっているテクストがある重要な存在だ。彼らの研究は今後の課題とした

表0-1　イーハトーブ童話での動物の登場話数（同率の場合は五十音順で掲載）

順位	名前	登場数
1	ネコ	8
2	カエル	7
2	キツネ	7
3	ネズミ	6
4	クマ	5
4	フクロウ	5
5	アリ	4
5	タヌキ	4
6	ウサギ	3
6	オオカミ	3
6	カタツムリ	3
6	ゾウ	3
6	ライオン	3

い。

キーアニマルはいずれも、日本の伝統的な動物観の枠に当てはまらない存在だ。彼らの存在をひもとくことは同時に、テクストが誕生した時代、すなわち古来の動物観が近代科学の流入によって急激に変化していく時代をつまびらかにすることでもある。

イーハトーブは、決して優しい世界ではない。だが、だからこそ美しい。本書を通じてイーハトーブを旅したあとで、もう一度読み直したいと思ってもらえれば幸いである。

注

（1）林良博／森裕司／秋篠宮文仁／池谷和信／奥野卓司編『動物観と表象』（「ヒトと動物の関係学」第一巻）、岩波書店、二〇〇九年、一一ページ

（2）燦陽会編『高山寺蔵鳥羽僧正鳥獣戯画』燦陽会、一九二六年

（3）中沢新一「動物観と表象の背景——対称性の思考としてのアニミズム」、前掲『動物観と表象』二

二ページ

（4）同書二三ページ

（5）これについては、先行研究として西田良子「賢治童話の擬人法」（宮沢賢治研究会編「四次元——宮沢賢治研究」一九五九年一月号、宮沢賢治友の会）があるが、調査対象にしたテクストが旧版の『宮澤賢治全集』全十一巻（筑摩書房、一九五六—五七年）に収録されたものであり、また無生物も調査対象にしているため引用しない。

第１章　フクロウ——鳥社会の日陰者

フクロウが登場するイーハトーブ童話
「貝の火」「かしはばやしの夜」「二十六夜」「林の底」「よく利く薬とえらい薬」

1　見た目は賢く、視野は狭い

フクロウは、鳥綱フクロウ目フクロウ科の総称であり、狭義にはそのなかの一種ウラルフクロウ（学名：Strix uralensis）を指す言葉である。フクロウ科は約二十二属百二十三種から成るグループで、

図1-1　アテナイの4ドラクマ銀貨（紀元前109－08年、ギリシャ）。ミネルヴァ書房の会社ロゴとしても使われている
（出典：デズモンド・モリス『フクロウ――その歴史・文化・生態 新装版』伊達淳訳、白水社、2019年、22ページ）

南極大陸を除くほぼ全世界に生息している。日本でも全国に分布し、薄暮から夜にかけて活動する。主に小型の哺乳類や鳥を捕食するところから夜の猛禽として知られ、俗にネコドリとも呼ばれる。似た見た目の鳥にミミズクがいて、彼らは羽角という耳のように見える羽をもっていることで羽角がないフクロウと区別されているが、実はこれはあくまでも便宜上の区別である。知恵を司る森の賢者、あるいはそのミステリアスな見た目から魔女の手先というイメージが強いこの鳥は、イーハトーブでどのような動物なのだろうか。

フクロウといえば、まず思い浮かぶのは知恵者のイメージだろう。古代ギリシャの女神アテネの守護鳥、もしくは古代ローマの女神ミネルバが従える鳥とされたところにこのイメージの源泉は求められる（図1―1）。知恵者としてのフクロウは、ヨーロッパの、特に童話や絵本の世界でよくみられ、飯野徹雄は、A・A・ミルン『くまのプーさん』（*Winnie-the-Pooh*, 1926）や、アリソン・アトリーによる「リトル・グレイ・ラビット」シリーズを例に挙げ、フクロウは「仲間の動物たちにとっては、頼もしい知恵の持ち主として（プーさんの友達のちょっと心許ないフクロウでさえも）振る舞っている」[1]と指摘する。日本にこのイメージが流入したのは一八九〇年代から一九一〇年代ごろ（明治時代後半）と考えられていて、飯野は「アールヌーボー版画家E・オルリックが、自作の書票を紹介し、また日本人にその制作と使用を薦めた」[2]一九〇〇年ごろから、日本でもフクロウが知恵の象徴として扱われ始めたと分析している（図1―2）。

だがイーハトーブで、フクロウは知恵を象徴する存在ではない。むしろ愚者である。「貝の火」のラストシーンに登場するフクロウは、失明したホモイを訳知り顔で「あざ笑って肩をゆすぶって大股に出て行」くが、彼は小鳥たちとともにキツネの仕掛けた罠にかかっている。「かしはばやしの夜」に登場するフクロウの軍隊は、大将による丁寧な挨拶と「たえなるうたのしらべ」という賛辞によって、柏の木大王から対等な立場の客として認められ、「夏のをどりの第三夜」に歓迎される。ところが、彼らが披露した歌は軍隊らしい粗暴なものだったため、芸術に一家言ある大王から下等だと一刀両断されてしまう。フクロウの慇懃で理知的な第一印象と粗野な本質の食い違いは、読者に肩透かしの感を与える。

図1-2　エミール・オルリックの書票
（出典：与謝野寛編「明星」第1次第7号、複製版、18ページ）

特に「林の底」はこの演出があからさまである。林の奥で突然フクロウから話しかけられた「私」は、彼の外見を次のように述べ、賢く誠実そうな容姿をうさんくさいと考えながらも評価している。

ちょっと見ると梟は、いつでも頬をふくら

せて、滅多にしゃべらず、たまたま云へば声もどっしりしてますし、眼も話す間ははっきり大きく開いてゐます、又木の陰の青ぐろいとこなどで、尤もらしく肥った首をまげたりなんかするとこは、いかにもこゝろもまっすぐらしく、誰も一ぺんは欺されさうです。

だが、このフクロウが「私」に得意げに教えた話は、ヒト社会で名高い「とんびの染屋」だった。遠藤祐は、「私」に話しかけるフクロウの行動を「自分が博識のえらい存在であることを示したかったのかもしれない」(3)と指摘する。だが、フクロウの思惑は「私」が「とんびの染屋」を知っていたことによって裏切られ、フクロウの視野の狭さが露呈する。安藤恭子は次のように分析し、「とんびの染屋」は、実際に全国に分布する民俗伝承「六七　梟紺屋」型のなかでも、岩手県で収集された話型に近いと指摘する。現実世界の読者も「私」に共感する仕組みになっているのである。

関敬吾『日本昔話大成』によると、「動物由来」に分類されるこの話には分布する地域によって異同があり、同書の本文として採用されているものは長野県北安曇郡に伝えられる「梟紺屋」である。（略）

「林の底」に引用されているかたちに最も近いものは、やはり岩手県に分布する形態である。〈鳶が紺屋。鳥をびろうど色に染める。それから仲が悪くなる（花巻市）〉という話の骨格は「林の底」でも動いていない(4)

イーハトーブのフクロウは理知的な見た目と粗野な本質に、大きなギャップを抱えているといえる。彼らは、何でも見通せそうな大きな目や魅力的な声とは裏腹に、残念ながらあまり賢くないようだ。

2　失われた神性

図1-3　「バーニーの浮彫」（紀元前1800－1750年、メソポタミア）
（出典：前掲『フクロウ』18ページ）

ヒトは古くからフクロウに神性を見いだし、崇拝の対象にしてきた。その最古の例は、大英博物館に所蔵されているメソポタミア文明のテラコッタ「バーニーの浮彫」である。これはフクロウをモチーフにした女神の彫刻で、彼女の両足はフクロウの肢になっていて、その両脇にもフクロウがはべっている（図1―3）。

この女神像のモチーフには諸説あり、デズモンド・モリスは「バビロニアのイシュタル（愛と戦いと豊穣の女神）、バビロニアのリリス（夜の魔女）、カナンのアナト（愛と戦いの女神）、シュメール神話のイナンナ（金星の女神）、あるいはイナンナの姉で冥府の女王エレシュキガルなど、さまざまな名前で呼ばれている女神像をモチーフに」(5) していると指摘する。また、冒頭でふれたアテネの守護鳥としてのフクロウも、神聖で崇拝される存在だったことは明白である。

　このようなフクロウへのまなざしは、実はヨーロッパだけではなく様々な地域でみられる。特にアイヌ民族は、獲物を分け与える化身としてシマフクロウを畏敬し、最高神コタン・コル・カムイ（村を守る神）やカムイチカプ（神鳥）と呼んであがめていた。古代日本でも吉兆を呼ぶ鳥と認められている例もあり、飯野徹雄は『日本書紀』（七二〇年ごろ）の次の場面を根拠に、「ここでは明らかにフクロウは、幸せを呼ぶ鳥として扱われている」(6) と指摘する。

　初《はじ》め天皇《すめらみこと》の生《あ》れまし日に、木菟《つく》、産殿《うぶとの》に入《とびい》れり。明旦《くるつあした》に、誉田天皇《ほむたのすめらみこと》、大臣武内宿禰《おほおみたけうちのすくね》を喚《め》して語《かた》りて曰《のたま》はく、「是《これ》、何《なに》の瑞《みづ》ぞ」とのたまふ。大臣対《こた》へて言《まほ》さく、「吉祥《よきさが》なり。復昨日《またきのふ》、臣《やつこ》が妻《め》の産《こう》む時《とき》に当《あた》りて、鷦鷯《さざき》、産屋《うぶや》に入《とびい》れり。是亦異《これまたあや》し」とまをす。

［現代語訳］

　以前、天皇がお生れになった日に、木菟が産殿に飛び込んで来た。翌朝、誉田天皇（応神天皇）は、大臣武内宿禰を召して語って、「これは何の瑞兆か」と仰せられた。大臣は答えて、「吉祥です。また昨日、私の妻が出産する時にあたり、鷦鷯が産屋に入って来ました。これもまた不思議なことです」と申しあげた。(7)

ほかにも、鬼子母神のお告げによって作られるようになったというすすきみみずくや、疱瘡よけのために作られたおもちゃの赤みみずくなど、各地でフクロウと神仏の加護を結びつける習俗がみられる。

だが、イーハトーブのフクロウにはこのような神性は備わっていない。「二十六夜」のなかでフクロウたちが、フクロウにとっての仏である「疾翔大力《しっしょうたいりき》」に救済を願う場面にもそれが明確に表れている。彼らには神秘を体現する力や、神使いとして神のもとに直接飛んでいく力はなく、ただ祈ることしかできないのである。

3　境界を超える鳥、嫌われるフクロウ

さて、残念ながらここまでないない尽くしのフクロウだが、ここからは彼らがもつ特徴について分析していく。そのためにまず、イーハトーブという世界の構造を整理しよう。

イーハトーブは複数の国家によって成り立ち、それらは大きく鳥・獣・虫・魚・草木に分けることができる。これは日本に古くからある観念の一つで、『仮名草子集成』第四十二巻に収められた「(鳥の歌合)」には、次のようにある。

もろ〳〵のむしたち、あつまり給ひて、うた合のありつると、うけたまはる、（略）はんしやは、ひきがいる、いたしたるよし也、いかなればとて、むしのいゑにおとらんや、すでに是みなもとうぢは、とりのいゑ、たいらうぢは、むしのいゑ、ふぢはらうちは、けだもの、たち花は、うをのいゑなんとゝ、きゝつたへたり、なま〳〵に四かのなかれの中にても、みなもとなんどいはれつる、とりのいゑにて、うた合のなからんは、かひなく侍らんや(8)

［現代語訳：引用者］

あらゆる虫が集まって歌合わせを開いたとうかがいました。（略）判者はひきがえるがしたということです。どうして、われわれが虫の家に後れをとっていいわけがありません。

わたしはたしかに、源氏は鳥の家、平氏は虫の家、藤原氏は獣、橘は魚の家などと伝え聞いております。おこがましくも、四家の血統のなかで源氏といわれている鳥の家で歌合わせがないというのは、生きるかいもないことではございませんか。

ここで鳥獣虫魚は四姓になぞらえられている。ミソサザイは、平氏に該当する虫の家で歌合わせがあったにもかかわらず、四家のなかで筆頭格の源氏といわれる鳥の家で歌合わせをしないということはありえないと、ウグイスに強く訴えている。伊藤慎吾はこれについて次のように指摘し、同類だけで社会を形成するという考え方は一つの到達点だと分析する。

それぞれはお互いに交流をもちながらも、独自の社会組織を形成している。物語は氏族社会を軸として描かれているのである。擬人化された異類の物語に描かれる社会は、鳥は鳥、獣は獣、虫は虫、魚は魚、草木は草木、器物は器物と、基本的に同類だけで成り立っている。これは自然観の一つの到達点といえるのではないか。(9)

イーハトーブの生物は、まず種族で国家を形成する。次に国家内の細かい分類として家があり、森や野原という生活拠点でコミュニティを形成して共存しているのだ。

さらに、イーハトーブには、天・地・海という階層構造がある。「双子の星」で、ポウセ童子に怒ったヒトデの発言から、天で悪いことをしたものが落とされる場所が海だとわかる。

　ポウセ童子が云ひました。
「私らはひとでではありません。星ですよ。」
するとひとでが怒って云ひました。
「何だと。星だって。ひとではもとはみんな星さ。お前たちはそれぢゃ今やっとこゝへ来たんだらう。何だ。それぢゃ新米のひとでだ。ほやほやの悪党だ。悪いことをしてこゝへ来ながら星だなんて鼻にかけるのは海の底でははやらないさ。おいらだって空に居た時は第一等の軍人だぜ。」

天から落ちるというルールは、地にも適用されている。「オツベルと象」には、ゾウが月を仰ぎ見て「もう、さようなら、サンタマリア」と言うと、月が「仲間へ手紙を書いたらいゝや」と言って「赤い着物の童子」を遣わせる場面がある。また、「よだかの星」で救いを求めるヨタカに対して太陽が「お前はよだかだな。なるほど、ずゐぶんつらからう。今夜そらを飛んで、星にさうたのんでごらん。お前はひるの鳥ではないのだからな」と語りかける。この太陽の言葉には、地・海の生き物が、すべて天の支配下にあるという明確な上下関係が表れている。

さて、このようなルールによって成り立つ世界で鳥がどのような存在かは「林の底」で説明されている。フクロウは「とんびの染屋」の語り出しで、次のように鳥のルーツを語っている。

「わたしらの先祖やなんか、
鳥がはじめて、天から降って来たときは、
どいつもこいつも、みないち様に白でした。」

第1節で指摘したように、この作中作の原型は関敬吾の『日本昔話大成』（全十一巻、角川書店、一九七八―八〇年）で動物由来譚の「六七　梟紺屋」型に分類される民俗伝承だ。しかし鳥たちが「天から降って来た」という冒頭は民俗伝承には含まれず、「林の底」のオリジナルである。

梟は昔紺屋であった。鳥はそのころ真っ白な体をしていた。梟さん梟さん私の体は形付けに染めてくれましょと、鳥に頼まれたのに、梟の染物屋は間違えて真っ黒に染めてしまった。鳥は怒ったがもう取り返しはつかぬ。それ以来二人は大の仲悪になってしまった。梟は夜ばかりこっそり出るようになった。昼間出ると鳥にいじめられるからである。「のりつけほほん、のりつけほほん」と、梟が気嫌《ママ》よく歌うとあくる日は天気であるが、雨降りにでもなる天気の変わり目には、「とおこん、とおこん」と、湿り声に鳴くという。(10)

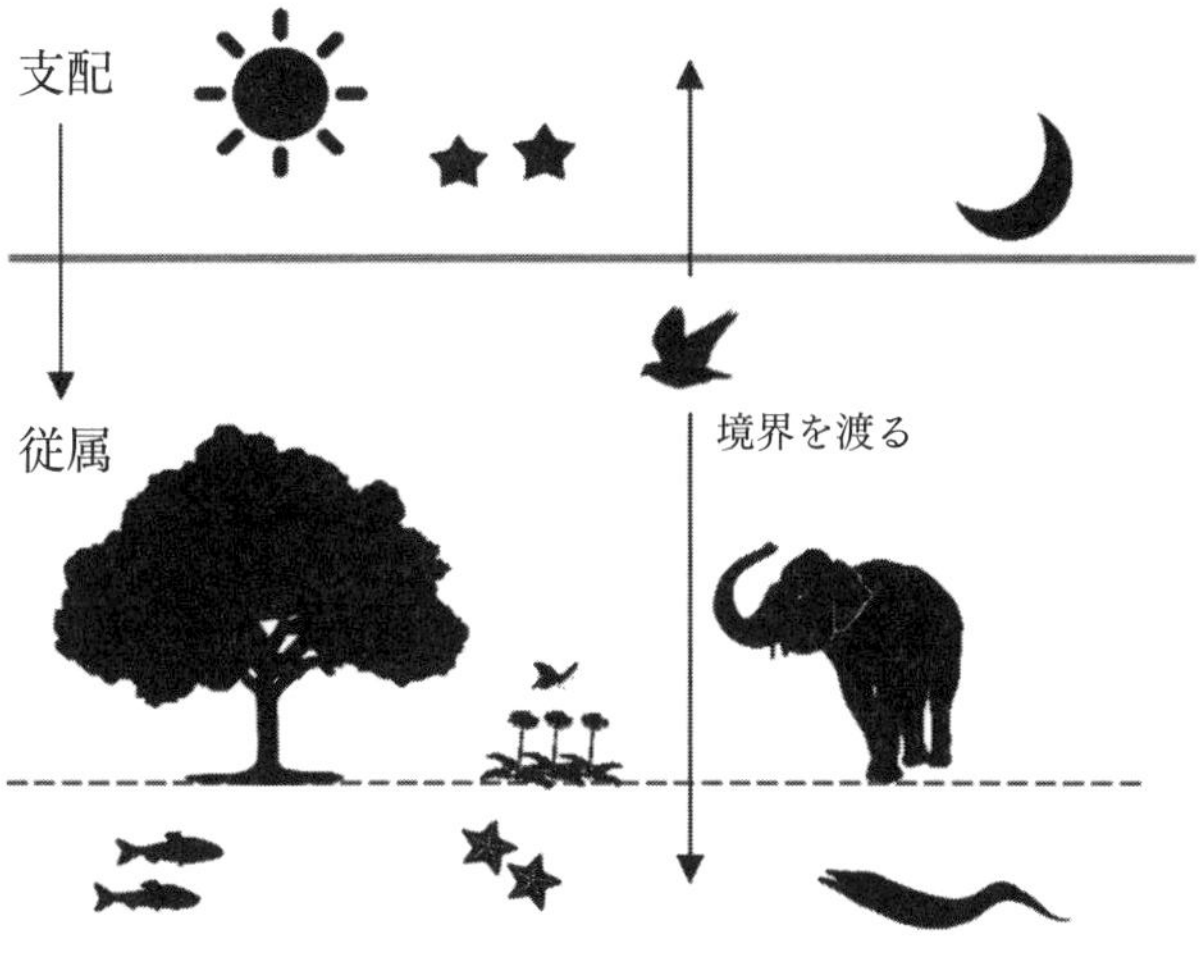

図1-4　イーハトーブ世界の階層構造

安藤恭子は、「天から降ってきたときから始まる点においては、話《ママ》始めた当初はむしろ伝説ないし神話とも言える性格をもっていた(11)」と指摘する。これは、語り手の「私」が「僕らの方でもね、少し話はちがふけれども、語について似たやうなことがあるよ」とバベルの塔の伝説を引き合いに出して共感するところからも読み取ることができる。ここには、ヒトデやクジラやゾウとは全く異なる、鳥と天の関係がうかがえる(図1―4)。

鳥は天から地へ「降って来た」存在ではあるが、それは罪によって与えられた罰ではない。天にルーツがあることは、自分たちの来歴が正当で高貴なものであることの証明になるのだ。これは、鳥が飛翔する生物であることが大きな要因である。鳥は天・地・海を越境し、垂直に移動することができる唯一の種族なのだ。だから、「よだかの星」のヨタカは地から天へ昇ることができるし、「やまなし」では、「俄に天井に白い泡がたつて、青びかりのまるでぎら〳〵する鉄砲弾のやうな」カワセミが魚を狙って川に突っ込んでくるのである。

　このようにイーハトーブで特別な立ち位置にいる鳥だが、その社会のなかでのフクロウの立場は、残念ながら最下層である。「貝の火」でウサギのホモイの前に現れたヒバリの親子は「私共の王からの贈物」と言って貝の火を差し出す。このことから鳥社会は王制であるとわかる。また、この貝の火をホモイの前に授かったというワシは大臣という役職についているという。ちなみに、「かしはばやしの夜」で登場するフクロウの大将が「立派な金モール」を身に着け、副官が「赤と白の綬をかけ」ているのは、明治時代以降の日本の政府組織での権力構造を模したものと考えられる。当時、金モールは参謀将校の暗喩だった。例えば「東京日日新聞」の「大山伯爵の夜会」という記事では、「陸軍大臣の御夫婦の御主人なれば来賓は陸軍将校もとより多数にて金モールの寄合なれば其きらめき渡りて壮麗なるは以て婦人がたの美麗なるに負けず劣らず[12]」と、夜会の招待客の錚々たる顔ぶれについて記している。これと同様に、「赤と白の綬」は、一八七五年に布告の「勲章制定ノ件」によると、旭日大綬章、旭日重光章、旭日中綬章、旭日小綬章、旭日双光章、旭日単光章、もしくは桐花大綬章を指す[13]。

　また、「林の底」から、鳥社会のヒエラルキー構造もみえてくる。フクロウは、「禿鷲コルドン《（ママ）》さ

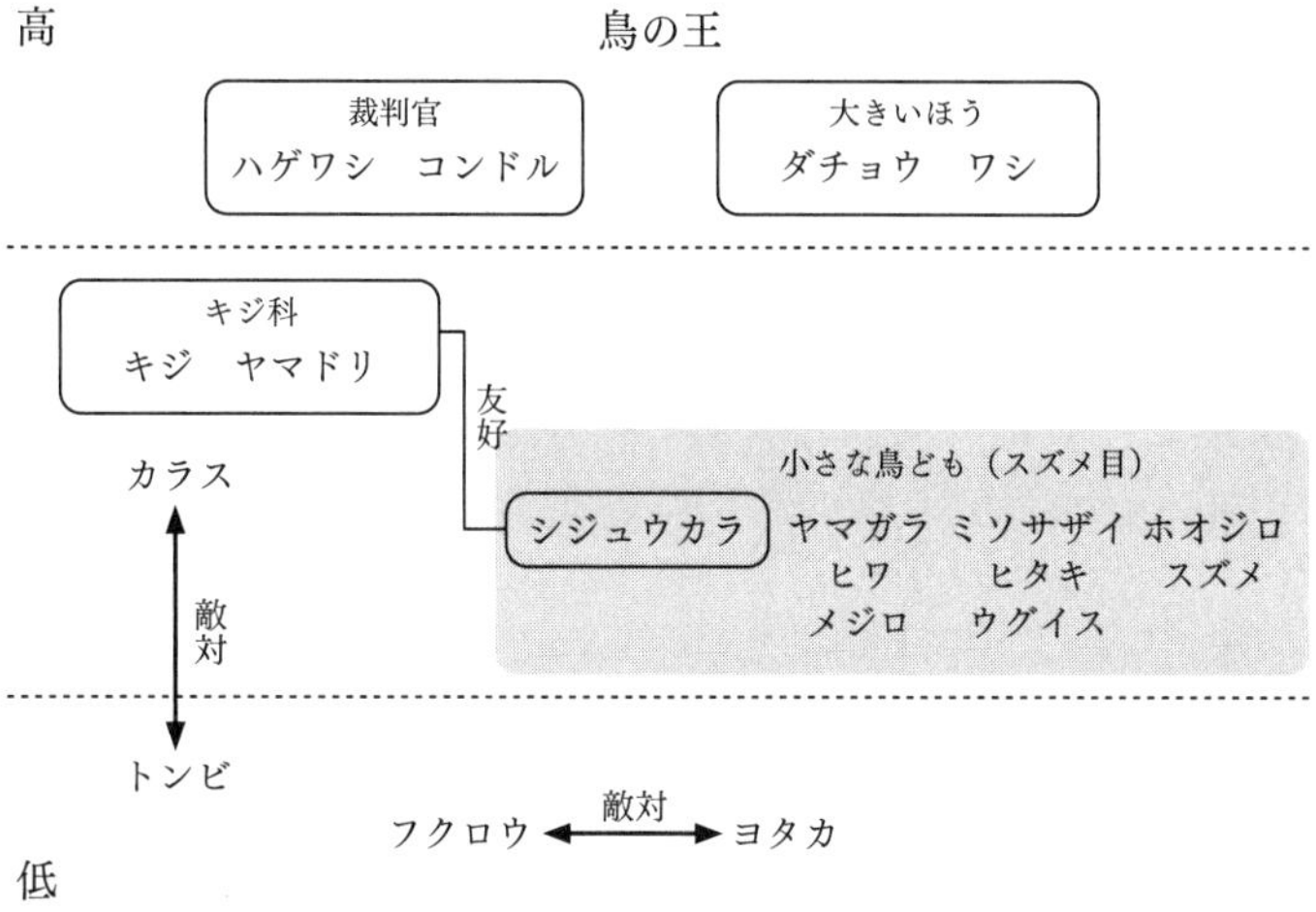

図1-5　鳥社会のヒエラルキー構造

まのご裁判」「鷲や駝鳥など大きな方」という発言にみられるように体長の大きな鳥に対しては敬称をつける一方、ヒワやホオジロ、シジュウカラなどのスズメ目に属する小鳥のことは「小さな鳥ども」と呼ぶ。鳥社会のヒエラルキー構造は図1—5のようになり、その基準はおおよそ体の大きさに依拠している。だが、なぜかトンビ、ヨタカ、そしてフクロウは、いずれも小鳥たちより体格が大きいにもかかわらず、立場が低いようだ。

トンビは、「とんびの染屋」が由来譚であることから、鳥社会で嫌われていることがみえてくる。由来譚とは、なぜこの生物はこのような生態をしているのか、という点に注目した伝承のことである。これをイーハトーブに当てはめると、まず前提として「トンビは鳥社会の嫌われ者である」という事実があり、なぜ嫌われるのかという疑問が湧き、この物語が生まれたということになる。したがって、トンビが嫌われていることも、カラスとトンビの仲が険悪であることも、イーハトーブでの事実なのだ。
フクロウの立場が低いことをめぐっては、まずフクロウのあだ名が「猫」であることにふれなければならない。第1節で述べたように、フクロウはネコドリという異名をもつ。イーハトーブでフクロウがほかの鳥たちから「猫」と呼ばれるのもこの異名に由来するが、「猫」とあだ名されることにどのような意味があるのだろうか。「二十六夜」で、穂吉がヒトに捕まった日、穂吉の母親は様子を見にいっていた仲間のフクロウに次のような質問をする。

「あの家に猫は居ないやうでございましたか。」
「えゝ、猫は居なかったやうですよ。きっと居ないんです。ずゐぶん〔暫〕らく、私はのぞいてゐたんですけれど、たうたう見えなかったのですから。」
「そんならまあ安心でございます。（略）」

穂吉の母親の安心は、穂吉がいますぐ死ぬ可能性が低いことへのそれである。多くの鳥にとってネコは天敵である。その名前をあだ名として誰かにつけるとき、そこには明確な悪意があるといえる。フクロウたちは、鳥社会のなかに救いを見いだすことができないのである。

「どうも私は鳥の中に、猫がはいってゐるやうに聴いたよ。たしか夜鷹もさう云ったし、鳥も云ってゐたやうだよ。」

梟はにが笑ひをしてごまかさうとしました。

「仲々ご交際が広うごわすな。」

私はごまかさせませんでした。

「とにかくほんたうにさうだらうかね。それとも君の友達の、夜鷹がうそを云ったらうか。」


このように、「私」にフクロウの悪口を聞かせたらしいヨタカは、フクロウに対していい感情を抱いていない。この二者も敵対関係と考えていいだろう。興味深いのは、ヨタカもまた鳥社会の嫌われ者であるという点だ。これは「よだかの星」で明白に描かれている。「私」がヨタカのことを友達と言ったのは、敵対関係にあるヨタカとフクロウがともに鳥社会の嫌われ者として同類であることを意味している。

4　悪禽のワケ

フクロウは「二十六夜」でトンビとともに悪禽とされているが、これはイーハトーブに限ったことではない。フクロウはしばしば、不吉の前触れや、魔女の手先である使い魔として忌み嫌われた。

飯野徹雄は、ヨーロッパでフクロウが知恵者から凶鳥へと変わっていく過程を次のようにまとめている。

フクロウを凶鳥とみなす風習は、古代ギリシャ時代の少なくとも末期には、一部で行われていたが、女神アテネの従者としての名声に、圧倒されていたものと思われる。それが古代ローマの文化のもとでは、ミネルバの従者に移り変わったものの、アテナイ市で創りあげられた学芸の使徒の性格は弱まり、相対的に凶鳥としてのイメージが現れてきた。そしてさらにキリスト教の主導する中世の社会にはいると、学芸の使徒としてのイメージが無視され、凶鳥としてのイメージが大きくクローズアップされたわけである。(略)ギリシャの多神教に根ざす文化に対抗したキリスト教文化が、ギリシャの神々を冷たくあしらったのは、自然の成り行きと思われる。[14]

たしかに『聖書』でのフクロウの扱いはさんざんで、例えば『旧約聖書』の「レビ記」第十一章では、フクロウはことさらに汚らわしい鳥として記述されている。

鳥類のうちで、次のものは汚らわしいものとして扱え。食べてはならない。それらは汚らわしいものである。
禿鷲、ひげ鷲、黒禿鷲、鳶、隼の類、烏の類、鷲みみずく、小みみずく、虎ふずく、鷹の類、森ふくろう、魚みみずく、大このはずく、小きんめふくろう、このはずく、みさご、こうのとり、青鷺の類、やつがしら鳥、こうもり。[15]

また、中国では古くからフクロウは不吉な鳥と考えられていたようで、李時珍『本草綱目』（一五九六年ごろ）には「梟長則食母故古人夏至殛之而其字従鳥首在木止」(16)（フクロウは成長すると母を食べるので、古代のヒトは夏至になるとフクロウを磔にした。そのため、漢字が木の上に鳥の首が置かれた形状をしている〔日本語訳は引用者〕）とある。また、「鴞《ほうきょう》鵩 鵂《きゅうりゅう》鶹 梟皆悪鳥也」(17)と、『聖書』同様、こちらでもミミズクやフクロウの名前が細かく挙げて悪鳥であると述べられている。

日本では、平安時代にはすでにフクロウの鳴き声が不気味なものとされ、紫式部『源氏物語』（十一世紀ごろ）「浮舟」の段には、内舎人《うどねり》が右近に対して忠告をする場面が描写されている。

このおどしし内舎人《うどねり》といふ者ぞ来たる。げに、いと荒々しくふつつかなるさましたる翁《おきな》の、声嗄《か》れ、さすがにけしきある、「女房にものとり申さん」と言はせたれば、右近しもあひたり。「殿に召しはべりしかば、今朝《けさ》参りはべりて、ただ今なんまかり帰りはんべりつる。雑事《ざふじ》ども仰せられつるついでに、かくておはしますほどに、夜半《よなか》、暁のことも、なにがしらかくてさぶらふと思ほして、宿直人《とのゐびと》わざとさしたてまつらせたまふこともなきを、このごろ聞こしめせば、女房の御もとに、知らぬ所の人々通ふやうになん聞こしめすことある、たいだいしきことなり、宿直にさぶらふ者どもは、その案内《あんない》聞きたらん、知らではいかがさぶらふべきと問はせたまひつるに、うけたまはらぬことなれば、なにがしは身の病重くはべりて、宿直仕《つか》うまつることは、月ごろ怠りてはべれば、案内《あんない》もえ知りはんべらず、さるべき男どもは、懈怠《けだい》なくもよほしさぶらはせはべるを、さのごとき非常《ひじやう》のことのさぶらはむをば、いかでかうけたまはらぬやうははべらんとなん申させはべりつる。用意してさぶらへ、便《びん》なきこともあらば、重く勘当《かんだう》せしめたまふべきよしなん仰《おお》せ言《ごと》はべりつれば、いかなる仰せ言にかと、恐れ申しはんべる」と言ふを聞くに、梟《ふくろふ》の鳴かんよりも、いともの恐ろし。

［現代語訳］

そして右近が怖がらせるような話をした内舎人という者がやってきたのである。いかにもじつに荒々しくがっしりと太った年寄で、声はしわがれており、さすがにただ者とは見えぬ風体なのが、「女房にものを申しあげたい」と言って、取り次がせたので、右近が応対に出た。「大将殿からお召しがございましたので、今朝参上いたし、たった今戻ってまいりました。さまざまの用事を仰せつけあそばしたついでに、こちらの女君がこうしてご滞在の間は、夜中暁の用心も、手前らがかようにお勤め申しておるものとご安心なされて、宿直人を特におさし向け申されることもなかったところ、近ごろお耳になされたところでは、女房の御もとに素姓の知れぬ男どもが通うとかお聞きあそばすことがあって、『それは不都合なことだ。宿直に控えている者たちは事情を聞いていよう。知らずにいてはどうして勤めを果すことができようぞ』とご詰問があったのですが、手前は承知いたしおらぬことゆえ、『この私儀は、重い病気をいたしておりまして、宿直のご奉仕はこの幾月失礼いたしておりますので、お邸のご様子もよくは存じておりませぬ。しかるべき男どもは、油断なく督励いたさせておりますので、仰せのごとき尋常ならざることのございますのを、どうして承知いたさぬわけがございましょう』と言上いたさせたのでございます。よく気をつけてご奉仕せよ、不都合なことでもあったら、厳重に処罰あそばすであろう旨の仰せ言がございましたので、いったいこれはどういうおつもりの仰せ言なのかと、恐れ入り申しておるのでございます」と言うのを聞くと、右近は、あの梟の無気味な鳴き声よりも、もっと恐ろしい気持になる。(18)

また、無住『沙石集』(一二八三年ごろ)という仏教説話集には、「二十五　先世坊の事」として、「梟《ふくろふ》と云ふは、塊《つちくれ》を養《やしな》うて子とす。子長《こちやう》ずれば、必ず母を食《く》らふ。(梟という鳥は、土の塊を子として養う。その子供は成長すると、必ず母を食う)(19)」とあり、フクロウは親不孝な鳥とされている。また、ずっと時代が下った江戸時代、人見必大『本朝食鑑』(一六九五年ごろ)には、京都ではフクロウを凶兆と考える文化があることや、同様の伝承が各地に伝わっていることが記されている。人見必大は江戸時代の本草学者で、『本朝食鑑』は彼自身が各地を取材した見聞や和漢の文献を引用してまとめたものであり、当時の日本の習俗を知ることができる。

> 山林の処々にいるが、もし人家に近くいる時は凶であり、そのため鵩《みみずく》・訓狐《このはずく》と同様に(略)、悪禽とされている。予《わたし》は初めその凶であることを識らなかったが、往年京に使してそのことを暁《さと》った。あるいは父母を食うといい、また人の爪を食うともいわれる(略)。これは古人の伝称であって、未だ詳らかではない。(20)
>
> (ふりがなは引用者)

このように、フクロウという鳥が世界の多くの地域で悪禽とされる原因は親不孝者、不気味な鳴き声、凶兆のしるしというイメージにある。では、イーハトーブのフクロウが〈悪禽〉である理由も同様なのだろうか。「二十六夜」では彼らの悪業が次のように語られている。

汝等《なんじら》審《つまびらか》に諸の悪業《あくごう》を作る。或は夜陰《やいん》を以て小禽《しょうきん》の家に至る。時に小禽既に終日日光に浴し、歌唄跳躍《かばいちょうやく》して疲労をなし、唯唯甘美の睡眠中にあり、汝等飛躍して之を握《つか》む。利爪《りそう》深く　その身に入り、諸の小禽痛苦又声を発するなし。則ち之を裂きて〔擅〕《ほしいまま》に噉食《たんじき》す。或は沼田《しょうでん》に至り螺蛤《らこう》を啄む。螺蛤軟泥中にあり、心柔軟にして唯《ただ》温水を憶《おも》ふ。時に俄《にわか》に身空中にあり、或は直ちに身を破る、悶乱《もんらん》声を絶す。汝等之を噉食するに、又懺悔の念あることなし。

斯《かく》の如きの諸の悪業、挙げて数ふるなし。

悪業を以ての故に、更に又諸の悪業を作る。継起して遂に竟《おわ》ることなし。昼は則ち日光を懼《おそ》れ、又人及諸の強鳥を恐る。心〔暫〕らくも安らかなることなし。一度梟身《きょうしん》を尽して又新に梟身を得　審に諸の患難を被りて、又尽くることなし。

（ふりがなは引用者）

どうやら、イーハトーブのフクロウは、小鳥やタニシなどが油断して眠っている夜にこっそり忍び寄りその命を奪って生きていること、そして、活動できない昼は太陽やほかの強い鳥から隠れていることが要因で悪禽とされているようだ。

さて、ここで図1―5に立ち戻りたい。右の要因は、はたしてフクロウだけに当てはまる条件だろうか。図１―５の鳥たちを調べてみると、実は、鳥社会の権力構造に食性が影響していないことがわかる。高層に君臨するハゲワシは腐肉、コンドルは死肉を主食としているが、同じ高層のワシは哺乳類や魚類を捕食する凶暴な猛禽で、一方でダチョウは植物食の傾向が強い。また、フクロウと同じく嫌われ者のトンビも食性は主として腐肉食で、魚やネズミなどの死体を好んで食べる傾向がある。彼らは死体を食べるため、直接的に命を奪っているわけではない。つまり、他者の命を奪うこと自体は、鳥社会の悪ではないと考えられる。

では、こっそり忍び寄って襲うことがフクロウだけの悪業かというと、これも違う。トンビにまつわることわざには「トンビに油揚げをさらわれる」というものがあり、スリのことを俗にトンビと称することもある。相手が油断した瞬間に襲うという点ではトンビとフクロウに大差はない。しかし、「二十六夜」でフクロウの僧正は、「元来はわれわれ梟や鵄などに対して申さるゝのぢゃが、ご本意は梟にあるのぢゃ、あとのご文の罪相を拝するに、みなわれわれのことぢゃ」と、トンビよりもフクロウのほうが罪深いと言う。これはなぜなのだろう。

その理由は、フクロウとトンビの活動時間の違いにある。トンビはタカで、昼行性の鳥である。対して、フクロウは夜行性の鳥である。登場するテクストのほとんどでフクロウは夜に登場する。唯一、「よく利く薬とえらい薬」の舞台は朝だが、フクロウは「木の洞の中」から出てこない。太陽の下で「歌唄跳躍」することはできない存在なのだ。

僧正は、自分たちの夜行性という習性を悪業と定義している。たしかに、小鳥が眠って完全に無防備であるところを狙って襲いかかるという習性は卑怯といえるかもしれない。だが、同じようにスリをはたらくトンビが、昼に襲うから罪が軽いというのは理不尽に思える。なぜ、夜行性であることは悪業なのだろうか。

5　フクロウと月と罪

第3節で述べたように、イーハトーブの生物たちの生活は天の支配下にある。朝は太陽が、夜は月が支配者として君臨し、この二つの星はそれぞれの管理下にある生物の祈りを聞き、しばしば罰を与えたり、手を差し伸べたりする。

フクロウは夜行性で、月の支配下で活動するため、「二十六夜」「かしはばやしの夜」「林の底」では必ず月とともに登場する。また、「貝の火」でホモイとキツネの決闘がおこなわれ、決着がつくのは夜明けの少し前である。フクロウはこの場面にしか登場しない。

太陽と月をそれぞれ頂点に置くというイーハトーブ世界のルールには、仏教と日本神話の影響がある。「二十六夜」では、日天子、月天子という言葉で太陽と月が表されるが、これらは仏教で観世音菩薩、勢至菩薩のことであり、天照大神と月読尊《つくよみのみこと》とも同一視される。そして何より古代中国の思想である陰陽説の影響が非常に強い。陰陽説は、陰気と陽気が互いに消長し調和することで自然界の秩序が保たれるとする考えで、天地、昼夜など相反するものを陰と陽に分ける。これによれば、夜は陰で昼は陽、偶数は陰で奇数は陽に属する。

このルールに従って、フクロウの二十六夜待ちは、偶数月である六月の夜におこなわれることになる。二十六夜待ちは江戸時代に流行したもので、陰暦一月と七月の二十六日の夜に月が出るのを待って拝んだ（図１―６）。「二十六夜」はフクロウがこの行事を催すところを描いているが、フクロウは夜（陰）の世界に生きるので、偶数月である六月がテクストの時間軸に設定されているのだ。

月は月天子であり、勢至菩薩である。本来の二十六夜待ちで月光のなかに現れるのは、阿弥陀如来、観世音菩薩、勢至菩薩の三尊だが、これはフクロウの僧正の説法ではヒトの二十六夜待ちとは

図1-6　歌川豊国（三世）、歌川広重（二世）『江戸自慢三十六興　高輪廿六夜』（1864年）
（出典：「東京都立図書館デジタルアーカイブ」〔https://www.library.metro.tokyo.lg.jp/portals/0/edo/tokyo_library/upimage/big/1300418363.jpg〕［2024年11月25日アクセス］）

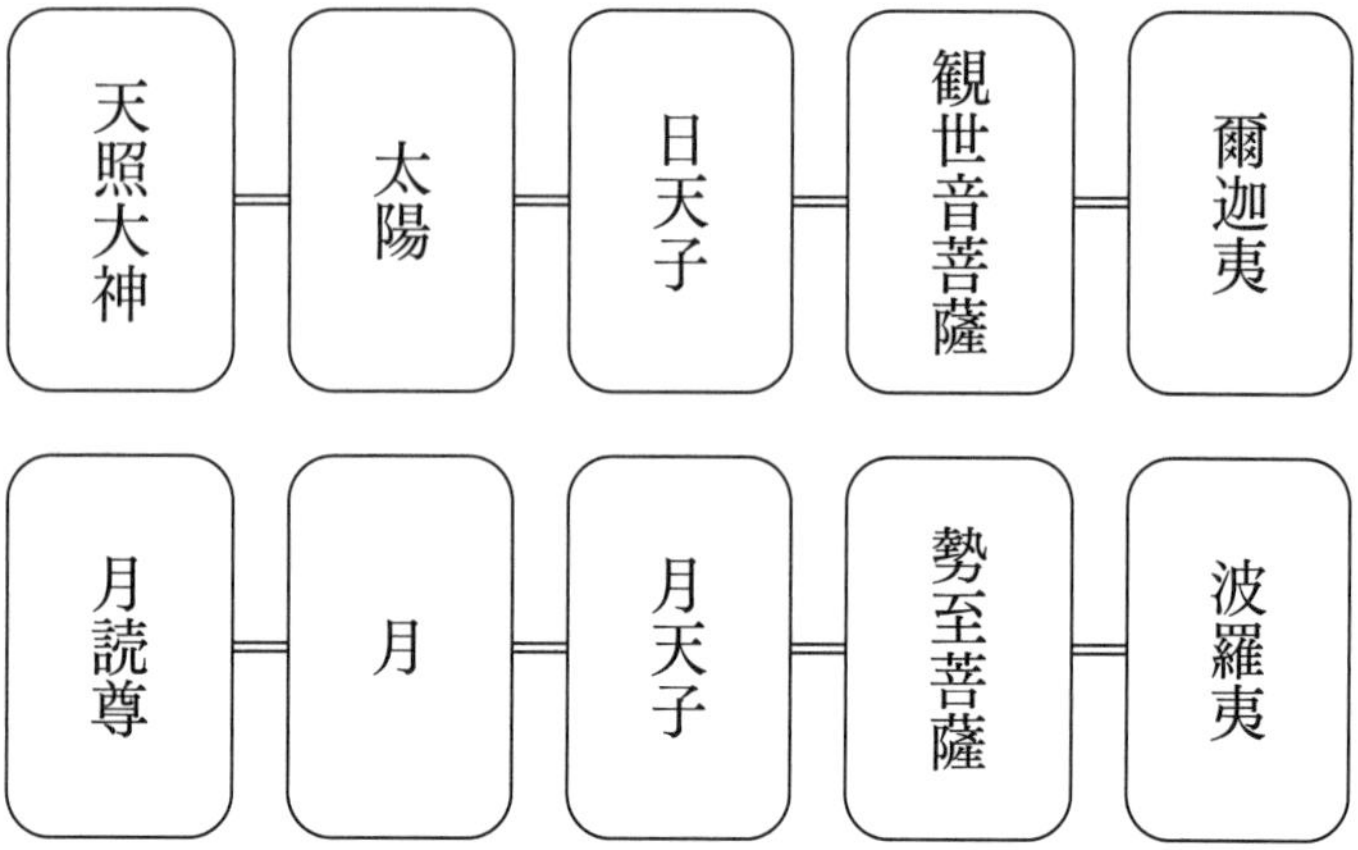

図1-7　太陽と月にそれぞれ同一視されるもの

異なり、疾翔大力、爾迦夷《るかい》、波羅夷《はらい》になっている。阿弥陀如来（すべてを救う大乗仏教の仏）が疾翔大力に、観世音菩薩（仏陀になる力をもつほど強力な修行僧）がフクロウから上人になった爾迦夷に置換されている。疾翔大力は、もとはただのスズメが飢えに苦しむヒトの親子を助けるためにその身を捧げて菩薩になった存在であり、爾迦夷はフクロウが修行を重ねて上人になったと、フクロウの社会で伝えられている。フクロウが本能にあらがい、罪を克服して天上に行くことができたという設定には、フクロウたちの切実な祈りが込められている。そして、テクスト内では言及されていないが、勢至菩薩は波羅夷に置換されていると導き出せる。この波羅夷は、仏教の戒律のうち最も重い罪を指す言葉である。つまり、夜のイーハトーブを支配する月そのものに、罪のイメージが重ねられているといえる（図1―7）。

フクロウは、イーハトーブで罪を象徴する月の世界でしか生きられない。それはフクロウという種族に生まれた以上、逃れることができない罪であり、だからこそフクロウは悪禽なのである。フクロウは、鳥社会の日陰者として描かれているのだ。

注

(1) 飯野徹雄『フクロウの文化誌――イメージの変貌』(中公新書)、中央公論社、一九九一年、九七ページ
(2) 同書一四五ページ
(3) 遠藤祐「月と梟と〈私〉と――「林の底」で起きたこと」「学苑」二〇〇七年八月号、光葉会、二六ページ
(4) 安藤恭子「宮沢賢治『林の底』――童話集『注文の多い料理店』の戦略へ」「国文学――解釈と鑑賞」一九九四年四月号、至文堂、一三〇ページ
(5) デズモンド・モリス『フクロウ――その歴史・文化・生態 新装版』伊達淳訳、白水社、二〇一九年、一七―一八ページ
(6) 前掲『フクロウの文化誌』一三八ページ
(7)『新編日本古典文学全集3 日本書紀2』小島憲之／直木孝次郎／西宮一民／蔵中進／毛利正守校注・訳、小学館、一九九六年、三〇ページ
(8) 深沢秋男／伊藤慎吾／入口敦志／花田富二夫編『仮名草子集成』第四十二巻、東京堂出版、二〇〇七年、一六ページ

（9）伊藤慎吾「異類文化学への誘い」、伊藤慎吾編『妖怪・憑依・擬人化の文化史』所収、笠間書院、二〇一六年、一六ページ
（10）関敬吾『日本昔話大成 第1巻 動物昔話』角川書店、一九七九年、三四五ページ
（11）前掲「宮沢賢治『林の底』」一三一ページ
（12）「大山伯爵の夜会」「東京日日新聞」一八八七年一月二十九日付
（13）「勲章制定ノ件」（内閣府、一八七五年四月十日、太政官布告第五十四号）には、勲章について次のように定められている。

第二条　旭日大綬章、旭日重光章、旭日中綬章、旭日小綬章、旭日双光章及旭日単光章ハ国家又ハ公共ニ対シ勲績アル者ニ之ヲ賜フ

②右各勲章ニ在テハ章ハ旭日ノ形ヲ以テ飾リ綬ハ地白色双線紅色トス

第三条　瑞宝大綬章、瑞宝重光章、瑞宝中綬章、瑞宝小綬章、瑞宝双光章及瑞宝単光章ハ国家又ハ公共ニ対シ積年ノ功労アル者ニ之ヲ賜フ

②右各勲章ニ在テハ章ハ鏡珠ノ形ヲ以テ飾リ綬ハ地藍色双線橙黄色トス

第四条　桐花大綬章ハ旭日大綬章又ハ瑞宝大綬章ヲ賜フベキ者ノ中其勲績又ハ功労特ニ優レタルモノニ之ヲ賜フ

②桐花大綬章ノ章ハ旭日ト桐花ノ形ヲ以テ飾リ綬ハ地紅色双線白色トス

（略）

第六条　勲章ノ製式其他ノ細目ハ内閣府令ヲ以テ之ヲ定ム

（14）前掲『フクロウの文化誌』三〇ページ
（15）『聖書 新共同訳』日本聖書協会、一九九七年、（旧）一七七ページ

(16) 李時珍撰、鍼線蔡烈先撰、拾遺趙学敏撰『本草綱目五二巻図三巻奇経八脈攷一巻脈訣攷証一巻瀕湖脈学一巻附本草万方鍼線八巻本草綱目拾遺一〇巻』錦章図書局石印、一八八五年
(17) 同書
(18)『新編日本古典文学全集25　源氏物語6』阿部秋生／秋山虔／今井源衛／鈴木日出男校注・訳、小学館、一九九八年、一八二―一八四ページ
(19)『新編日本古典文学全集52　沙石集』小島孝之校注・訳、小学館、二〇〇一年、五〇五ページ
(20) 人見必大『本朝食鑑』第三巻、島田勇雄訳注（東洋文庫）、平凡社、一九七八年、一八三ページ

第2章　クマ――唯一の対抗者

クマが登場するイーハトーブ童話
「寓話　洞熊学校を卒業した三人」「〔けだもの運動会〕」「月夜のけだもの」「なめとこ山の熊」
「氷河鼠の毛皮」

1　恐ろしさと愛らしさ

現在、世界に生息するクマの種類はたった八種類、しかもそのうち六種類は絶滅の危機に瀕し、クマを取り巻く環境は厳しい[1]。日本に生息するクマは、ツキノワグマ（Ursus thibetanus）の亜種ニホンツキノワグマ（Ursus thibetanus japonicus）と、ヒグマ（Ursus arctos）の亜種エゾヒグマ（Ursus arctos lasiotus）の二種類である。ニホンツキノワグマは、現在は本州と四国に幅広く分布していて、首のあたりにある白い三日月模様が特徴だ。エゾヒグマは北海道に分布していて、サケをくわえる木彫りの置き物でおなじみだ[2]。どちらの種も森林性で、食性は草食寄りの雑食である。

現代の日本人はクマに対して、ヒトを襲う恐ろしい猛獣というイメージを強く抱いている。クマが住宅街に出没したりヒトを襲ったりという話は毎年秋になると社会をにぎわせる。特に近年はクマによる被害が増大しているようで、二〇二三年十月二十四日時点で「クマに襲われてけがをするなど被害にあった人の数をＮＨＫがまとめたところ、今年度はこれまでに十七の道府県で少なくとも百六十七人にのぼり、国が統計を取り始めて以降、最も多かった三年前の百五十八人をすでに上回り、過去最悪の被害[3]」が出ている。

だがその一方で、われわれはクマを、テディベアなどぬいぐるみの代表的モチーフとして認識し、その愛らしさに癒やしを感じてもいる。この相反するイメージを内包する不思議な動物は、イーハトーブでどのように描かれているのだろうか。

2　愛嬌の移入

クマが登場する物語といえば、前述の『くまのプーさん』を思い浮かべる人が多いだろう。ウォルト・ディズニー・カンパニー制作のアニメーションでも有名なこの児童小説は、クマのぬいぐるみでハチミツが大好きなプーと森の仲間たちの日常を描くもので、日本でも石井桃子によって翻訳されて以来、現在まで広く愛読されている。ほかにはラドヤード・キップリング『ジャングル・ブック』（*The Jungle Book*, 1894）などが挙げられる。これらはイギリス人作家が執筆したものだが、イギリスに限らずヨーロッパでは、クマは物語の登場人物としてメジャーである。

ベルント・ブルンナーは、原初の時代からクマはヒトと密接に関わってきたと指摘し、「雌の熊が母性の象徴として登場する物語」[4]としてギリシャ神話のおおぐま座・こぐま座のエピソードを挙げている。左に引用しているのは、天文学解説書で紹介されている大熊座の神話である。

昔々神と人との国に、ジユピターといふ恵み深い王があつて、ジユノーといふのが気だてのあまりよくない皇后であつた。ところが海の女神カリストといふ、気だての至つてよい、美しい女神が、国王に愛せられて、アルカスが生れた。嫉妬心の深いジユノーは大いに怒つて、カリストを熊にしてしまつたので、カリストは人里離れて、山奥深く入り込んで行つたけれど、アルカスの事が常に気に懸つたが、自分の形が獣に変つてゐるので、人里に出ることが出来ず、されど雨につけ、風につけ、アルカスの事のみ考へ、人里近くに出でゝは、アルカスに会はんと思ふが、熊の形では、とても出ることは出来んのを残念がつて居た。アルカスは五年、十年と経過する内に、成人して狩人となり、或日、山奥深く入り込み、大熊を見付け、よき得物御座んなれと、弓に矢を番ひ狙を定めた。これを御覧になつた、恵み深いジュピターは、アルカスに親殺しの大罪を犯さしてはならないと、すぐに親子の者を天につれていつて、大小二疋の熊にした。(5)

ヨーロッパには、ほかにも「熊のジャン」などと呼ばれる異類婚姻譚が広く語り継がれている。クマが若い女性をさらい、やがて二人は愛情を育む関係になる。そうして生まれた子どもは、父のように怪力で、母のように賢い。日本では、同じ類型の物語として、ガブリエル＝シュザンヌ・ド・ヴィルヌーヴ『美女と野獣』（*La Belle et la Bête*, 1740）が有名である。このような伝承は、ヨーロッパでクマとヒトが近縁な存在だと信じられてきたことを示している。また、ネイティブ・アメリカンには、ヒトが変身した存在がクマだと信じる一族があり、ロシアにも「最初の熊は森の精と、半分が人間で半分が動物の女との間にできたとされている」(6)伝説が残っている。ヨーロッパを中心とする多くの国で、クマは獣性を強調されたもう一種類のヒトと見なされ、ヒトと比較して語られてきた。

だが、『くまのプーさん』などの童話に登場する愛らしくてヒトに癒やしを与える存在としてのクマは、伝説や信仰のなかで語られてきたクマとは全く異なるルーツをもつ。ブルンナーは、これをヨーロッパの特徴であると指摘する。

十九世紀のヨーロッパの人たちの熊に関する知識のほとんどは、古い寓話やおとぎ話から得たものだ。こうした物語に描かれている熊のイメージは実際の熊と整合している部分がほとんどないのだが、それでも人々が熊に対して持つイメージを形成してきた。寓話のほとんどはおそらく古代ギリシアの寓話作家イソップ（前六一九—前五六四年ごろ）によるものだが、道徳的な教えを説くために動物が用いられている。こうした物語の中で、知恵が働いてずる賢いキツネと対比する形で、ぼんやりしていて騙されやすいキャラクターとして熊がしばしば登場する。(7)

イソップ寓話は、一五九三年にイエズス会宣教師によって日本に持ち込まれた。最初の翻訳本はローマ字で書かれた『ESOPONO FABLAS』（一五九三年）で、最も広く知られる翻訳本は修身教科書にも採用された渡部温訳『通俗伊蘇普物語』（一八七三年）である。(8)ここに所収されているクマが登場する話は、「第二十二　熊と狐の話」「第三十六　旅人と熊の話」「第九十九　獅子と熊と狐の話」の三話である。登場するクマは、ライオンとけんかをしている間にキツネに漁夫の利で獲物を奪われるなど、たしかに愚鈍な印象を与える。

また、アメリカで一九〇二年に発売されたテディベアも大きな影響を及ぼしている。これは、アメリカの第二十六代大統領セオドア・ルーズベルトの愛称であるテディにあやかって名づけられたクマのぬいぐるみで、当時のアメリカで一大ブームを巻き起こした。まるで乳児のような愛らしいフォルムと手触りは世界中を席巻し、クマは愛らしいというイメージを多くのヒトに植えつけたのである。日本のテディベアブームは、おもちゃのまちバンダイミュージアム館長の金井正雄によると八〇年代[9]だが、これよりも五十年以上前の児童雑誌「赤い鳥」第十四巻第一号（赤い鳥社、一九二五年一月）に掲載された細田源吉「くろい熊」に、黒いクマと白いクマの「玩具」が登場している。テディベアという名称は知られていないまでも、クマのぬいぐるみ自体は日本でも販売されていたと思われる。こうした、欧米のぼんやりしていて愛嬌がある動物というイメージは、イーハトーブのクマにも影響をもたらした。

　イーハトーブのクマは、獣社会に属する動物である。その社会構造を描写するのは「月夜のけだもの」「〔けだもの運動会〕」の二作品で、ここから読み取れる構造は図2―1のようになっている。獅子大王を頂点に、ほかの動物が体格を基準にしてその下に並んでいる。ライオンは古来百獣の王とされる動物であると同時に、文殊菩薩の乗り物でもある。また、釈迦の説法の比喩として獅子吼《ししく》という表現もある。ライオンと並んでネコ科最大級の動物であるトラが「〔けだもの運動会〕」でその残忍性だけを強調され、ライオンの下に甘んじているのは、このようなエピソードがないからかもしれない。

　クマは大きな動物であり、「寓話 洞熊学校を卒業した三人」（以下、「洞熊学校」）では先生を務めるなど、上位カーストに位置する獣だ。だが、クマは「点数の勘定を間違った」り、「あんまりあたりが明るいために洞熊先生が涙をこぼして眼をつぶってばかりゐたものですから、狸は本を見て

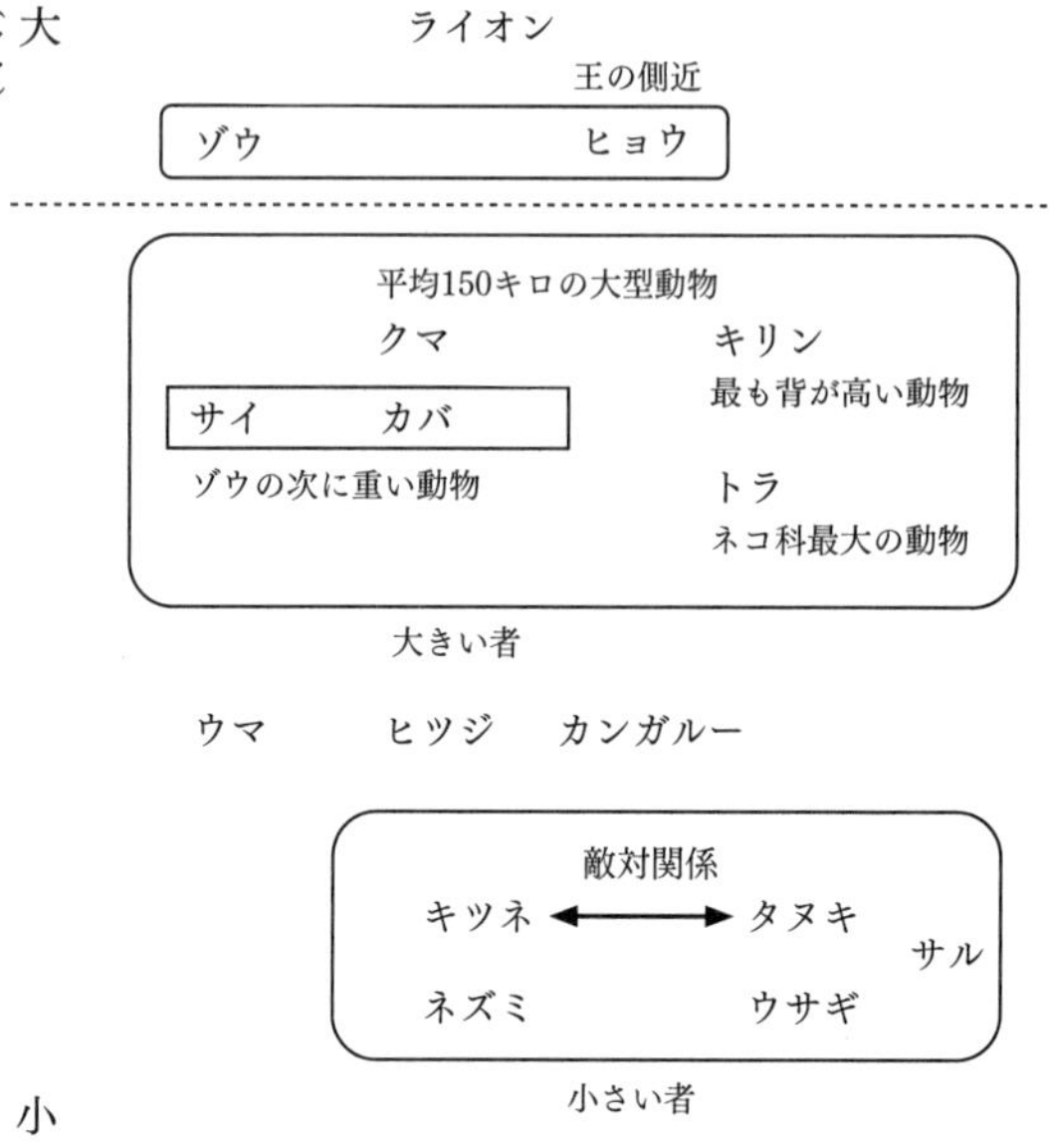

図2-1　獣社会のヒエラルキー構造

書きました」とカンニングを見逃したりしてしまう。また、三人の卒業生は先生から習った「大きいものがいちばん立派だ」という教えを実現しようとして全員が破滅してしまう。こうしたことから、イーハトーブではクマは指導者という立場に向いていないといえる。「月夜のけだもの」のシロクマもぼんやりしている。鼻を長く伸ばしたいとゾウに弟子入りしようとするが、そもそもゾウの名前を忘れている。そして、獅子大王に名前を聞き、ゾウのもとへ向かったあとも、鼻を引っ張られて鼻血を出して昏倒してしまう。彼は獅子大王からも、「白熊はごく温和《（ママ）》しいからお前の弟子にならなくてもよからう。白熊は実に無邪気な君子だ」と評されている。

そして「なめとこ山の熊」のツキノワグマたちは、自分たちを銃で狙う小十郎のことを愛するという、おおらかな性格をしている。また、小十郎との問答のなかで胆を胃袋と勘違いする次の場面は、クマの世間知らずな一面を強調している。

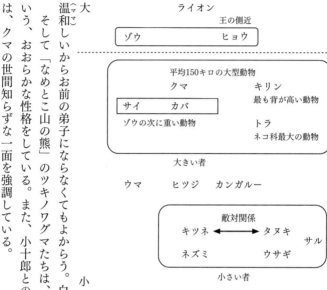

「あゝ、おれはお前の毛皮と、胆《い》のほかにはなんにもいらない。それも町へ持って行ってひどく高く売れると云ふのではないしほんたうに気の毒だけれどもやっぱり仕方ない。けれどもお前に今ごろそんなことを云はれるともうおれなどは何か栗かしだのみでも食ってゐてそれで死ぬならおれも死んでもいゝやうな気がするよ。」「もう二年ばかり待って呉れ、〔　〕おれ〔も〕死ぬのはもうかまはないやうなもんだけれども少し残した仕事もあるしたゞ二年だけ待ってくれ。二年目にはおれもおまへの家の前でちゃんと死んでゐてやるから。毛皮も胃《い》袋もやってしまふから。」

（ふりがなは引用者）

また、「氷河鼠の毛皮」でクマたちが、ヒトに化けたホッキョクギツネの「赤ひげ」をスパイとして汽車に送り込んだことも、イソップ寓話が描くクマとキツネの関係を想起させる。クマは、せっかく捕縛したタイチを、船乗りの青年の「ゆるして呉れ」という言葉ですんなり諦めてしまう。キツネを人質に取られたとはいえ、あまりにも引き際がよすぎる。クマは争いや策謀に向かない性格であり、だからこそキツネを仲間に選んだのだろう。以上から、イーハトーブのクマには、欧米でみられるようなぼんやりしていて愛嬌があるクマのキャラクターが流入しているといえるだろう。

3　タブーとマタギ

さて、欧米のクマイメージとイーハトーブのクマイメージの共通性について考察を進めてきたが、これは近代以前の日本ではみることができない特徴である。実は、日本の民俗伝承や物語のなかで、クマはほとんど活躍していない。山﨑晃司は、「日本の昔話や童話を振り返っても、オオカミ、キツネ、タヌキは頻繁に登場することとは対照的に、ツキノワグマはあまり姿を現さない。いってみれば、霧のなかの動物である」[10]と指摘し、赤羽正春も「動物昔話として熊はその地位を確保できないほどに少ない」[11]と同様の指摘をしている。日本でクマが登場する有名な物語としては「金太郎」が唯一挙げられるが、ここでのクマの役割は山姥の子どもである金太郎の怪力を強調する点に限定されている。『日本古典文学大辞典』(岩波書店、一九八六年)の熊から始まる項目にも、クマが登場する作品は見当たらない。ことわざもほとんどみられない。佐々木喜善『聴耳草紙』(三元社、一九三一年)に収録されたクマの話は「八七番　兎と熊」のたった一話である。話がかなり長いため引用しないが、その内容は『日本昔話大成』で「三二　勝々山」に分類される話型である。ウサギとともに登場するクマは、有名な話型のタヌキのポジションに位置している。ただ、タヌキとウサギの話型が、タヌキの非道なおこないに対するウサギの復讐であるのに対し、「八七番　兎と熊」ではウサギは復讐のような動機をもって行動しているわけではない。クマは、不運にも意地悪なウサギの標的にされ、何度もひどい目に遭い、最後には殺されてしまうのである。これは、『日本昔話大成』に採集された、クマが登場する代表話例二話も同じ構成である。
クマが語られないこの謎について、赤羽正春は興味深い指摘をしている。

ここで思い出されるのは、熊獲りの名人といわれる人たちに聞き取り調査で何度も伺っている際に、一度として奥さんが同席した事実のないことである。生業の調査では婦人方の方が良い語り手になることが多く、できる限り男衆と共に同席いただいて聞き取り調査をすることが多い。ところが、鳥海マタギのシシオジである金子長吉は、私を家の中に入れずに、婦人のいない作業小屋の前で熊の話をしてくれた。薦川の小田甚太郎にも同じことが言える。私が聞き取りに行くと、家の人たちはすべて居間から別の部屋に移ってしまう。（略）
奥三面の小池善茂は、寒中に熊の話をしてはならないという話を教えてくれた際、ふだんから無闇に熊について話題とすることは厳しく戒められていた現実を語ってくれた。子供たちも聞いてはならないものとしていたという。
つまり、熊については昔話で語ることがなかったのではなかろうか。滑稽話にしても報恩譚にしても、語ること自体が熊に失礼にあたったのではなかったか。(12)

このような、クマを語ること自体をタブーとする文化は世界中でみられる。ベルント・ブルンナーは、「正義を維持する森の支配者、あるいは最高権力者の息子として崇拝されていた（略）「熊」

という言葉そのものを使うことが身の程知らずと見なされ、それゆえにタブーとされていた」と述べたうえで、「シベリアのケット人は「毛皮をまとった父」、「鉤爪を持つ老人」、「美しき獣」（略）同じくシベリアのサモエード族は「親父」と呼び、エストニア人は「幅広の足」、カルパチア地方のフツル人は「叔父さん」、もしくは「毛むくじゃらの奴」（略）スウェーデンでは「老人」、「黄金の足」、「十二人力の獣」などと呼ばれていた[13]」と、敬意をもつ証しとしてクマをクマと呼ばない文化を紹介している。

ここには日本人が抱くクマへのイメージに共通する要素があるが、マタギ以外のヒトは、畏敬というよりも、口に出すのも恐ろしいというような畏怖をクマに抱いていたようである。次に挙げるのは、『古事記』の神武東征の一場面である。

故《かれ》、神倭伊波礼毘古命《かむやまといはれびこのみこと》、其地《そこ》より廻《めぐ》り幸《いでま》して、熊野《くまの》の村に到りし時に、大き熊《くま》、髣《ほの》かに出で入りて、即《すなわ》ち失《う》せき。爾《しか》くして、神倭伊波礼毘古命、倏忽《たちまち》にをえ為《し》、及《また》、御軍《みいくさ》、皆をえして伏《ふ》しき。此《こ》の時に、熊野の高倉下《たかくらじ》、〈此《これ》は、人の名ぞ〉一《ひと》ふりの横刀《たち》を賷《も》ちて、天《あま》つ神御子《かみみこ》の伏せる地《ところ》に到りて献《たてまつ》りし時に、天つ神御子、即ち寤《さ》め起きて、詔《のりたま》ひしく、「長く寝《い》ねつるかも」とのりたまひき。故、其の横刀《たち》を受け取りし時に、其の熊野の山の荒《あら》ぶる神、自《おのづか》ら皆切《みなき》り仆《たふ》さえき。爾《しか》くして、其《そ》の惑《まど》ひ伏《ふ》せる御軍《みいくさ》、悉《ことごと》く寤《さ》め起《お》きき。

［現代語訳］

さて、神倭伊波礼毘古命が、その地から迂回していらっしゃって、熊野の村に着いた時に、大きな熊が、ちらりと見え隠れして、そのまま姿を消した。すると神倭伊波礼毘古命は、毒気に当てられて急に正気を失い、また軍勢も、皆正気を失って倒れてしまった。この時に、熊野の高倉下［これは、人の名である］が一振りの大刀を持って、天つ神である御子の横たわっているところにやってきて、その大刀を献上した時に、天つ神である御子は、たちまち正気にもどって起きあがり、「長いこと寝てしまったなあ」とおっしゃった。そして、その大刀を受け取った時に、その熊野の山の荒れすさぶ神は、ひとりでにすべて斬り倒された。そうして、意識が混乱して倒れていたその軍勢も、皆正気にもどって起きあがった。(14)

これは、神倭伊波礼毘古命（神武天皇）率いる兵団に抵抗する熊野村の現地勢力をクマに仮託した表現と思われるが、関口明は「大和に征服された古代人のなかにはクマを「荒ぶる神の化身」、あるいは「畏怖」の対象とする宗教意識があったことがうかがえる」、また、「熊野村ではクマが外敵（カムヤマトイワレヒコノ命）の侵入に対してそれをさえぎる呪術的な力を持っていると信じられていた。このようなクマに対する信仰は列島統一の過程で地下に伏流したと考えられる(15)」と指摘する。日本国を建国したとされる神武天皇が気を失うほど強大な力をもつ神としてクマが恐れられていたとすれば、クマを語ること自体が忌避されたこともうなずける。つまり、近代以前の日本人の根底にはクマに対する恐怖があったが、猟師以外はクマと直接関わることがなかったため、一般のヒトにとっては漠然とした存在だったのだろう。そして、クマに関わる猟師たちは語ることをタブー視する傾向が強かったために、民俗伝承がほとんどみられないのである。

さて、クマと関わることを許されてきた猟師にとって、クマは最も大きく恐ろしく、かつ魅力的な獲物だった。長澤武によると「クマ（ツキノワグマ）の毛皮であるが、こちらも綿毛の多い点ではトップクラスで、保温性に富み、加えて黒光りのする毛は水をはじき、ノミを寄せつけない上、大きさも申し分ない大きさなので、敷物としては最高級とされている。（略）江戸時代になっても、各藩で、組下へ熊皮の上納を求めた文書が各地に残っていて、古くから貴人や高級官僚が敷物として用いていた記録がある」[16]という。また、熊胆《ゆうたん》（クマノイ）は古くから万能薬とされ、「切り傷、打身、火傷、歯痛、腫れものに患部へつけるほか、乾燥させたものを食あたり、胃腸病、下痢止め、二日酔、解熱、食欲不振、眼病、肺結核、高血圧、神経痛などの薬として飲む」[17]という。前掲の李時珍『本草綱目』にも、「熊胆苦入心寒勝熱手少陰厥陰足陽明経薬也故能涼心平肝殺虫為驚癇疰忤翳障疳痔虫牙蚘痛之剤焉」[18]（熊胆は苦くして心に入り寒は熱に勝ち手の少陰、厥陰、足の陽明の経の薬である。故によく心を涼しくし肝を平にして虫を殺すのであって驚癇、疰忤、翳障、疳痔、虫牙、蚘痛の剤である〔日本語訳は引用者〕）と効果が記載され、また偽物が多く流通したことから見分け方も記されている。熊胆はかなりの高級品で、山﨑晃司は「干し上げた胆囊一グラムが純金一グラムと等価とされるほどの高い市場価値をもつ」[19]と指摘している。現代でも漢方薬局などで取引され、石原明子の調査によると、一九九七年の段階で「価格は一ｇあたり一千六百円から一万五百円、一ｇあたりの平均価格は六千六百九十七円」[20]だった。猟師は、一頭仕留めれば一カ月は家族でゆっくり暮らせる大物を求め、命がけで山に入ったのである。

ただし、猟師にとってクマとは単なる金のなる木ではなく、神聖な山の使いでもある。そのため、狩りには多くの儀礼がついて回る。

飯豊山麓や朝日山麓そして秋田森吉山の熊狩り衆は、熊を獲ると、参加者全員が集まり、勝閧（ヨロコビオオゴエ）を上げて熊の魂を送る儀礼に取りかかる。秋田でケボカイといい、新潟でサカサカケという。熊を北（秋田マタギ・福島）や東（山形・新潟・福島）、川上（奥三面）などに向けて仰向けに寝かせ、皮を剝いで熊の霊を送るサカサガケを行なう。次に腹部から内臓を取り出す。この時、大量の血や内臓のまわりに付いていた脂身が出てくる。血を一カ所に集めて、皆で呑む。大腸を取り出して詰まっているものを足でしごいて中を抜き、空になった大腸に、残った血と脂身を詰める。胆嚢を取り出して胆管を紐でしばり、熊胆を作るために軟らかいものでくるむ。心臓を取り出して十字に切れ目を入れて山の神に捧げ、膵臓を取り出して火に焙り、弾ける方向を見て、次の狩り場の占いをする（富山から新潟にかけて）。などの一連の儀礼が行なわれる。熊の魂を送ってしまった後は、熊の首筋・尻・背中の部分

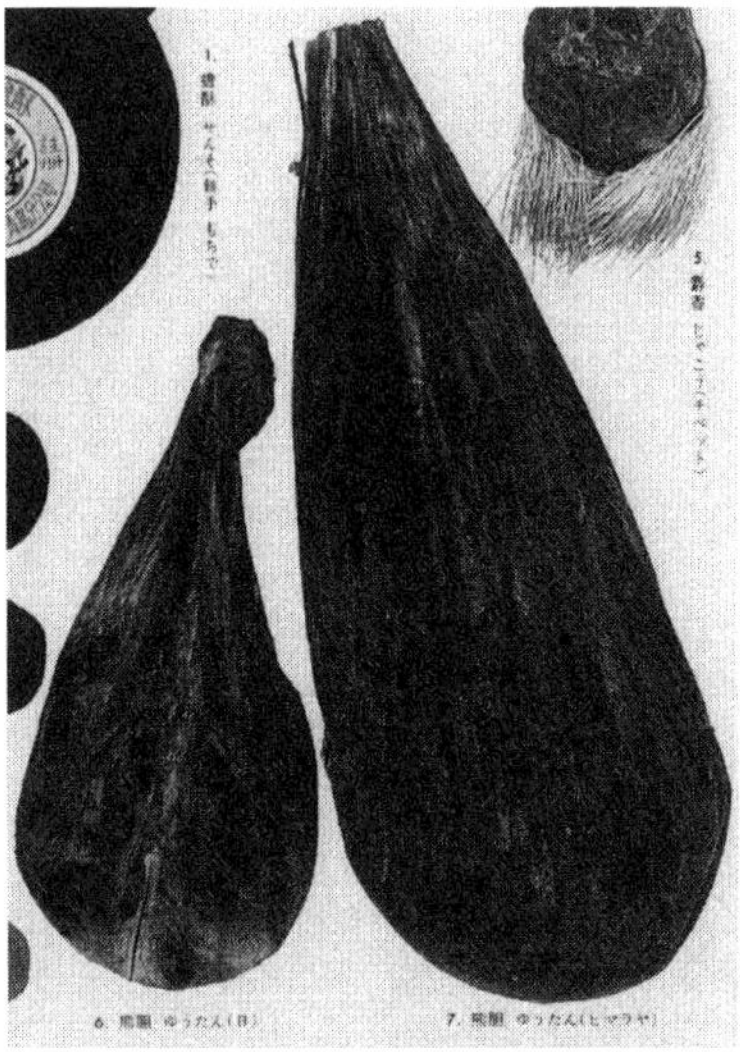

図2-2　熊胆
（出典：難波恒雄『原色和漢薬図鑑』下巻、保育社、1980年）

の肉を切り出して、串に刺して焼き、里への土産とするモチグシ・七串焼きなどの儀礼を行なうところもある。(21)

赤羽正春が取材した儀礼は、集落ごとに多少の差異はあるが、クマの魂を送り、山の神へ供物としてクマの一部を捧げ、里に帰って肉は余すところなく消費し、毛皮や熊胆は売り物にする、という大まかな経過が共通している。これは「動物送り儀礼(22)」と呼ばれるもので、「その動物の豊漁を期待して、殺したことを謝罪し、その魂を天国に送り地上への再来を願うための儀礼(23)」である。この儀礼のなかで、クマ送りは狩猟の難易度の高さから最高位とされている。アイヌ民族がおこなうクマ送りの儀礼イオマンテは、「山で生け捕ってきた子グマを数年間飼育し、それを祭りのなかで殺す(24)」というかなり大がかりなものである。

すでに花部英雄らによって指摘されているとおり、「なめとこ山の熊」の小十郎はこの儀礼を執り行っている。

それから小十郎はふところからとぎすまされた小刀を出して熊の〔顎〕のとこから胸から腹へかけて皮をすうっと裂いて行くのだった。それからあとの景色は僕は大きらいだ。けれどもとにかくおしまひ小十郎がまっ赤な熊の胆をせなかの木のひつに入れて血で毛がぼとぼと房になった毛皮を谷であらってくるくるまるめせなかにしょって自分もぐんなりした風で谷を下って行くことだけはたしかなのだ。

語り手の「僕」が「大きらい」と言って語ることを拒否する場面でクマ送りが執り行われ、小十郎は山の神の許しを得てクマを獲っている。よって、「小十郎はぴったり落ち着いて樹をたてにして立ちながら熊の月の輪をめがけてズドンとやるのだった。すると森までががあっと叫んで熊はどたっと倒れ」と語られるように、森が叫ぶときは猟が成功する。しかし、鉄砲の音が「ぴしゃ」と頼りなく森が叫んでくれなかったとき、小十郎はクマに殺されたのだ。

このように、小十郎とクマの関係は狩る者と狩られる者だが、二者の間にはそれ以上の絆がある。これは「氷河鼠の毛皮」の船乗りとホッキョクグマの間にもみられる。毛皮の乱獲に憤るホッキョクグマは、船乗りの「おい、熊ども。きさまらのしたことは尤もだ。けれどもなおれたちだつて仕方ない。生きてゐるにはきものも着なけあいけないんだ［。］おまへたちが魚をとるやうなもんだぜ。けれどもあんまり無法なことはこれから気を付けるやうに云ふから今度はゆるして呉れ」という説得に「わかつたよ」と素直に従う。イーハトーブのクマたちは、彼らが住む森や林、そして雪原を出ることはない。だが、境界を越えてやってくる、命を奪うことの責任を背負い猟（漁）をおこなうヒトは、隣人として受け入れるのだ。こうした絆を、猟師がクマとの間に感じることはしばしばあるようだ。マタギの金子長吉への取材のなかで、彼がクマに対して絆を感じていることが、次のように語られている。

「二日前に熊が来てよ、うちの栗の成り具合を見ていった。今年はブナもミズナラも実をつけていないからな。秋に食べる栗の様子を見て回っているんだ」。どうして熊が来たことがわかったのか、という野暮な質問はできなかった。長吉は熊の気配がわかる数少ないマタギなのである。「犬が鼻を立ててじっと藪を見ているんだ。笹がわずかにカサカサ鳴ったから。挨拶して帰ったわ」。

家のまわりにある栗の巨木は毎年多くの実をつけ、冬の貴重な糧となっている。スナグリ(乾いた砂に埋めて保存する)やコノハ詰め(一斗缶に乾いた木の葉を敷き詰めて保存する)で保存している。ところが、今まで熊はこの栗の木に登ったことがないという。鳥海マタギの長老である長吉の栗の木に登る熊は礼を失する。そのことを長吉は私に伝えたかったのであろうか。[25]

「なめとこ山の熊」のツキノワグマたちは小十郎のことが大好きである。だから、小十郎の死体を囲んで葬儀をおこない、悲しみに沈む。この場面は、野本寛一が「マタギの、熊の霊送りの陰画ともいえよう[26]」と指摘するように、クマ送りになぞらえたものとして読まれてきた。だが、それは描写されている葬儀の形式にとらわれた視点なのではないだろうか。クマ送りにはたしかにクマの魂を慰撫する目的もある。だがその本意は、クマの豊猟を山の神に願う儀礼である。テクストのクマたちがヒトをもっと恵んでほしいと願うわけもない。彼らがおこなっているのは、あくまでも別れを悲しむ葬儀なのである。ただ、形式がクマ送りに似ていることはただの偶然ではない。このクマ送りを模した葬儀の場面を、花部英雄は「小十郎の命を熊の犠牲にすることによって生命の尊さを示し、生命の殺戮を否定する賢治の理想を示したもの[27]」と述べているが、はたしてそうだろうか。

むしろ、ヒトとクマの間にある決して埋まらない〈溝〉の表出なのではないか。
クマたちの間に、豊猟を願って儀礼をおこなう文化があったとは思えない。そんなクマたちが、小十郎が山でクマを獲るたびにおこなう一連の儀礼と、小十郎の「ぐんなりした」様子を見たらどう思うだろう。彼らはそれを、ヒト社会の葬儀形式だと誤認したのではないだろうか。つまり、クマたちは、ヒト社会の文化に即して小十郎を弔ってやったつもりでいるのである。中村晋吾は、この異種同士の交流によって明らかになる溝を「断絶」と表現する。

賢治童話の中で様々な物語を展開する人間、動物、植物、鉱物……といった無数の登場人物たちの間には、表面上の会話は成立する場合が多い。しかし、それらがおのおのに特有のやり方で何かを表現しようとするとき、途方もつかない齟齬が生じてしまう。
賢治童話に通底する擬人法には、このような両義的な性質がある。それは、本来結びつくはずのない異種のものを結びつけつつ、最終的にはそれらの間の断絶を強調しないでは終わらない。(28)

葬儀のつもりが豊猟の儀礼だった、という結末はあまりにも切ない。だが、同時にそこには、小十郎とクマの間に結ばれた絆もはっきりと表れるのだ。

4　信仰から管理へ

かつて日本人とクマの間にあった信仰は、時代が進むにつれて少しずつ廃れていく。そして、開国と博物学の流入によって一気に欧米のイメージに上書きされていった。その証拠に、古典には登場しなかったクマが児童雑誌『赤い鳥』では繰り返し語られている。表2―1は、広島市立図書館がまとめた『「赤い鳥」総目次』[29]の一万九千九百九十七作品（表紙、挿絵、口絵を含む）のうちで、熊・くまがタイトルに含まれ、かつクマが登場する童話を抽出した一覧である。鈴木三重吉主宰の『赤い鳥』は、一九一八年の創刊から二八年の休刊までに二十二巻、通号百二十七号、復刊後は十二巻、通号六十九号を刊行しているが、二二年から二三年の間を除いてコンスタントにクマの話が掲載されていることがわかる。このころにはすでに、クマは児童向けのコンテンツとして消費される存在になっている。この背景には、明治時代に登場した動物園の人気と、毛皮貿易の隆盛がある。毛皮貿易は十六世紀にシベリアから産業として起こり、十九世紀前半に動物の絶滅危惧種数が増加するまで発展しつづけた。クマが日常のなかで見物される存在になり、その毛皮が商品として流通することで、クマに対する信仰が風化し、クマへのタブーも失われていく。その傾向はイーハトーブにもみられ、クマたちの神性は剝がされつつある。「氷河鼠の毛皮」のホッキョクグマたちは、毛皮を求めるヒトの乱獲に対し激怒している。「なめとこ山の熊」の荒物屋は、小十郎からクマの皮を破格で買い

表2-1　「赤い鳥」(赤い鳥社)掲載のクマ童話

巻	号	発行年月	作品名	作者名	ページ	内容
1	1	1918年7月	二匹の子熊	峰嶋不二子	72	投稿(作文・綴方)
1	5	1918年11月	白熊	岩松正	71	投稿(作文・綴方)
1	6	1918年12月	大熊中熊小熊	佐藤春夫	30-33	文
2	1	1919年1月	熊	久米正雄	62-67	文
3	6	1919年12月	熊	浦松佐美太郎	29-30	投稿(自由詩・童謡)
4	1	1920年1月	毒の大熊	鈴木三重吉	28-37	文
5	4	1920年10月	良い熊、悪い人間	菊池寛	42-45	文
6	1	1921年1月	薬罐熊	江口渙	32-41	文
6	6	1921年6月	不思議な熊	野上弥生子	66-69	文
7	1	1921年7月	不思議な熊	野上弥生子	48-55	文
7	2	1921年8月	不思議な熊	野上弥生子	36-41	文
7	3	1921年9月	不思議な熊	野上弥生子	60-63	文
7	5	1921年11月	熊虎合戦	宇野浩二	20-29	文
13	2	1924年8月	大きな白熊	小野浩	44-49	文
14	1	1925年1月	くろい熊	細田源吉	46-53	文
16	5	1926年5月	熊と狐	小野浩	60-65	文
18	3	1927年3月	熊と車掌	木内高音	50-57	文
18	4	1927年4月	熊と車掌	木内高音	112-117	文
19	6	1927年12月	熊とピストル	吉田絃二郎	116-125	文
20	2	1928年2月	熊と狼との角力	上司小剣	32-37	文
4	2	1932年8月	熊	新美南吉	97	投稿(自由詩・童謡)
5	2	1933年2月	熊	門馬孝男	83-87	投稿(作文・綴方)

叩く。そこにはもはや、クマに対する畏敬はない。

「月夜のけだもの」の原稿一枚目には、「上野の動物園の看守をしていました」という一文が書かれ、消された痕跡がある。その東京都恩賜上野動物園（以下、上野動物園）では、開園当初からクマが公開されていた。小宮輝之によると、北極のクマがホッキョクグマと呼ばれるようになったのは、ドイツ人商人のカール・ハーゲンベックから送られたペアのホッキョクグマが到着した一九〇二年以降である。それ以前に上野動物園で飼われていた白いクマはシロクマと呼ばれていた。したがって、テクストに登場する「白熊」の種類は判然としない。


最初の白熊は一八九一年八月十五日に上野動物園に寄贈された。この白熊は北海道北見国宗谷郡猿払村字ヒネシンクのベガというアイヌに飼われていたヒグマのアルビノで、この年の四月下旬に山中で黒い兄弟といっしょに捕獲された当歳の子熊であった。子熊を一〇ヵ月育てて、イヨマンテと呼ばれる熊祭りのさいに生け贄として使うのが、アイヌのしきたりである。この白熊も特別にめでたい霊獣として、アイヌの敬う神に召される運命にあった。ところが、この白い熊を見た開拓使の役人たちは手放すのを嫌がるベガを説得し、二十五円の大金で譲り受け、明治天皇に献上したのである。

二番目の白熊は一八九九年三月二十五日付けで東宮職より「洋犬レヲ号と黒白熊児下付」の通知があり、イヌ一頭とツキノワグマの白い個体と黒い個体が三月二十七日に送られてきた。この御下付動物について五月十日付けで産地について問い合わせたところ、イヌがドイツ産、クマは新潟県草倉銅山（元東蒲原郡阿賀町。一九一四年〔大正三年〕廃山）付近において古河市兵衛により捕獲されたものという回答を受けている。一九〇二年発行の『上野動物園案内』には「日本ぐま（熊）が二頭居るが其の内黒色なのは普通のもので、白色なのは俗にしらことというて病的に皮膚が変したのである」と解説がある。このアルビノのツキノワグマもヒグマのアルビノと同じように黒い兄弟といっしょに捕まっている。(30)

動物園にとってクマ（特にシロクマ）は、日本に生息する最大の猛獣で集客率に直結する重要な動物だったため、かなりの手間をかけて収集していたようである。クマを檻に入れて管理し、それを大衆が観賞するという構図は、これまでの日本人とクマとの関係を根底から覆した。日本人のクマへのまなざしは大きく変わることになったのだ。

毛皮貿易は当然ながら北極にほど近い地域で盛んであり、動物の乱獲による絶滅危惧種の著しい増加は、現在にまで尾を引く大きな問題である。「氷河鼠の毛皮」には、毛皮貿易の発展に大きく寄与したシベリア鉄道と重なる機関車など、ロシアを中心として発展した毛皮貿易そのものを意識させる要素がちりばめられているが、その舞台は凍りついたベーリング海である。ベーリング海沿岸には、十九世紀初めからロシア・アメリカ会社が毛皮貿易を独占したことで繁栄を誇ったアラスカがある。紳士のタイチがはめている指輪が、わざわざ「アラスカ金」と説明されていることからも、クマが憤る乱獲は、特にアラスカ周辺の毛皮貿易を意識したものであるとわかる。毛皮貿易の一大拠点での動物たちの怒りは想像にかたくない。また、「なめとこ山の熊」も、「金天狗」＝天狗煙草が登場することから、岩谷商会が天狗煙草を販売開始した一八七七年以降のナメトコ山が舞台と推定できる。「なめとこ山の熊」には、猟師とクマの関係だけではなく、隆盛を極める毛皮貿易もテーマとして潜在している。

イーハトーブのクマは、神聖な動物から人間に管理される動物になっていく過渡期にあった。そしてそれは、何よりもイーハトーブ童話として語られることによって証明されているのだ。

5　拮抗する力

クマの恐ろしさを知らない現代日本人はいないといっていいだろう。クマのニュースは毎年必ず取り上げられるし、ほとんど毎年何人かが死亡している。二〇二三年のクマ被害者数はすでに述べた。だが、このような日本人のクマに対する恐怖心は文化的特徴らしい。ブルンナーは、「日本文化は熊を容赦なく狩りの対象とすべき怪物と見なしてきている」[31]と指摘する。

クマの恐ろしさを世間に知らしめたものの一つは、吉村昭の小説『羆嵐』（新潮社、一九七七年）（図2―3）である。これは、北海道の苫前を襲った、日本の熊害としては史上最悪規模とされる三毛別羆事件を題材にした小説である。三毛別羆事件は、一九一五年十二月九日から十四日にかけて北海道苫前郡苫前村三毛別六線沢で発生したエゾヒグマによる複数回の民家襲撃事件のことである。その被害者数は、木村盛武によると「臨月の胎児を含めると、結果的に一連の死者は八人、重傷者は二人」(32)である。事件は問題のクマが射殺されることで終息したが、クマをおびき寄せるために食い荒らされた遺体が使われるなど、その戦いは壮絶を極めた。しかし、この凄惨な事件は当時ほとんど話題にならなかったようである。木村はその理由を、一八七八年に同じく北海道で起きた丘珠事件の影響と指摘する。

わが国熊害史上、三番目の惨事である丘珠事件がこのように名を馳せたのは、（略）胃中から出た被害者の遺体が丁重に保存され、加害熊を剝製として残し、しかも、これらが長い年月広く公開されてきた経緯によるところは大きい。

ことに、明治天皇の天覧は、北海道民にヒグマ事件の残忍性を深く印象づける結果になった。こうした人身事故の天覧は、今日といえども、異例中の異例といえよう。

残念なことに、苫前事件〔三毛別羆事件：引用者注〕では、新聞報道以外に信憑性ある事件記録も物的証拠も、残されていなかった。さらに、丘珠事件は、大都市札幌に隣接するという地の利を得たが、苫前事件は道北西僻遠の、一寒村三毛別の六線沢で起こった。（略）

図2-3　吉村昭『羆嵐』（新潮文庫）、新潮社、1982年

かくして苫前事件は、丘珠事件の陰に埋没した、と言っても過言ではあるまい(33)。

「明治天皇の天覧」というのは、一八八一年に明治天皇がおこなった東北地方と北海道を巡る行幸のことである。これは新聞各紙で連日報道され、九月二十日の「朝野新聞」には、一行が八月二十八日に青森を出発して三十日に手宮港に到着、北海道に上陸したと記載があり(34)、九月二十四日の同新聞では、九月一日に「農学校へ臨御生徒事業の景況及博物場展列品を天覧あらせられ(35)」たと報じている。この「農学校」は現在の北海道大学の前身である札幌農学校であり、天皇は現在の北海道大学植物園を訪れたということだ。宮沢賢治も、一九二四年の修学旅行で引率の教師として北海道を訪れた際、この植物園を見学している(36)。また、おそらく丘珠事件のことだと思われる内容が含まれた作文「白熊」が「赤い鳥」に投稿されている。

ほくかいだうで熊が人をつかまへてたべようとしたことがあつた。その人の子がおこつて熊をとつたといふお話もきいた(37)

この作文の著者である少年は、動物園のシロクマを眺めたエピソードとともに、この話を思い出している。丘珠事件のあと、ライオンやトラが生息しない日本で、クマは最も恐ろしい人肉食の猛獣として広く認識されることになったのだ。

こうした特徴はイーハトーブのクマにもみられ、彼らはどんなに愛嬌あふれるキャラクターであっても、その牙も爪も鋭いままである。「なめとこ山の熊」で小十郎に牙をむいたクマが「殺すつもりはなかった」と発言するシーンは、クマの凶暴性を象徴的に表現している。「氷河鼠の毛皮」のクマたちも、鉄砲を携えてヒトを脅す存在として登場する。イーハトーブで、クマとヒトの関係は、簡単に逆転しうる危うい力関係のうえに成り立っているのだ。ベルチャ・アドリアンは、「なめとこ山の熊」「氷河鼠の毛皮」の狐けんの関係に着目し、「自然側が搾取されるばかりというのは様々な形で賢治の他作品にもみられる環境崩壊の問題であるが、この物語の背景にもある[38]」と述べ、自然側、つまりクマを搾取されるだけの弱者と読んでいるのだが、実際はこの二者の力は拮抗している。クマは、神性を失いつつある世界でもヒトに対抗する力を有する唯一の動物として、イーハトーブで描かれているのである。

注

(1) 坪田敏男／山崎晃司編『日本のクマ——ヒグマとツキノワグマの生物学』東京大学出版会、二〇一一年

(2) 自然環境研究センター編『自然環境保全基礎調査　動物分布調査　日本の動物分布図集』環境省自然環境局生物多様性センター、二〇一〇年

(3)「クマに襲われる被害　目撃情報相次ぐ　各地の状況まとめ（24日）」（https://www3.nhk.or.jp/news/html/20231024/k10014235331000.html）［二〇二三年十一月二十四日アクセス］

(4) ベルント・ブルンナー『熊——人類との「共存」の歴史』伊達淳訳、白水社、二〇一〇年、二四ペ

ージ
（5）水野千里『国定教科書「星の話」解説』警醒社書店、一九二二年、四一ページ
（6）前掲『熊――人類との「共存」の歴史』二八ページ
（7）同書二〇五ページ
（8）府川源一郎『「ウサギとカメ」の読書文化史――イソップ寓話の受容と「競争」』勉誠出版、二〇一七年
（9）金井正雄「おもちゃの歴史」「循環とくらし」第四号、廃棄物資源循環学会、二〇一三年。「一九八〇年代にテディベアの時代が日本で始まります。今でこそ、子どものためのぬいぐるみですが、当時は高度成長期に海外旅行を自由に楽しむ若い女性が増えはじめると、欧米でテディベアに出会った女性たちが求めたことがきっかけでした」（一七ページ）
（10）山﨑晃司『ツキノワグマ――すぐそこにいる野生動物』東京大学出版会、二〇一七年、八六ページ
（11）赤羽正春『熊』（ものと人間の文化史）、法政大学出版局、二〇〇八年、三三五ページ
（12）同書三三六―三三七ページ
（13）前掲『熊――人類との「共存」の歴史』六ページ
（14）『新編日本古典文学全集1　古事記』山口佳紀／神野志隆光校注・訳、小学館、一九九七年、一四五―一四六ページ
（15）関口明「日本の古代社会とクマ信仰」、天野哲也／増田隆一／間野勉編著『ヒグマ学入門――自然史・文化・現代社会』北海道大学出版会、二〇〇六年、一二八、一三一ページ
（16）長澤武『動物民俗Ⅰ』（ものと人間の文化史）、法政大学出版局、二〇〇五年、一九九ページ
（17）同書二一〇ページ

（18）前掲『本草綱目五二巻図三巻奇経八脈攷一巻脈訣攷証一巻瀕湖脈学一巻附本草万方鍼線八巻本草綱目拾遺一〇巻』
（19）前掲『ツキノワグマ』一〇ページ
（20）石原明子『クマを飲む日本人――クマノイ（熊の胆）の取引調査』トラフィックイーストアジアジャパン、二〇〇五年、一四ページ
（21）前掲『熊』二〇一ページ
（22）谷本一之「クマと人間の儀礼的関係――動物の魂送り」、前掲『ヒグマ学入門』所収、一三七ページ
（23）同論文一三七ページ
（24）同論文一三七ページ
（25）前掲『熊』二九ページ
（26）野本寛一「「なめとこ山の熊」と「金太郎」」「生き物文化誌　ビオストーリー――人と自然の新しい物語」二〇〇六年五月号、生き物文化誌学会、七一ページ
（27）前掲「「なめとこ山の熊」と狩猟伝承」二九八ページ
（28）中村晋吾「断絶と饒舌――賢治童話の「擬人法」をめぐって」「賢治研究」二〇一〇年三月号、宮沢賢治研究会、三四ページ
（29）広島市立中央図書館編「「赤い鳥」総目次」（https://www.library.city.hiroshima.jp/akaitori/sakuin/index.html）［二〇二一年一月十七日アクセス］
（30）小宮輝之『物語　上野動物園の歴史――園長が語る動物たちの140年』（中公新書）、中央公論新社、二〇一〇年、六六ページ

（31）前掲『熊――人類との「共存」の歴史』二一五ページ
（32）木村盛武『慟哭の谷――北海道三毛別・史上最悪のヒグマ襲撃事件』（文春文庫）、文藝春秋、二〇一五年、七三ページ
（33）同書九二ページ
（34）「御巡幸私記」「朝野新聞」一八八一年九月二十日付（「朝野新聞 縮刷版」十四冊、ぺりかん社）
（35）同紙
（36）堀尾青史編『宮沢賢治年譜』筑摩書房、一九九一年
（37）岩松正「白熊」「赤い鳥 複製版」第一巻第五号、日本近代文学館、一九六八年、七一ページ
（38）ベルチャ・アドリアン「宮沢賢治「氷河鼠の毛皮」試論――登場人物の位置づけからの考察」、関西大学大学院文学研究科「千里山文学論集」編集委員会編「千里山文学論集」第百号、関西大学大学院文学研究科、二〇二〇年、七二ページ

第３章　キツネ——本能にあらがう嘘つき

キツネが登場するイーハトーブ童話
「貝の火」「黒ぶだう」「月夜のけだもの」「土神ときつね」「とっこべとら子」「茨海小学校」「雪渡り」（「氷河鼠の毛皮」）
「氷河鼠の毛皮」については、登場人物の赤ひげがキツネと推定できる。ただし作中でキツネとは明言されないため登場話数のカウントには含まず、重要なテクストとして考察対象にした。

1　キツネを愛しすぎる日本人

キツネ（Vulpes vulpes）は哺乳綱食肉目イヌ科の動物である。その生息域は広大で、アフリカ北部、ヨーロッパ、アジア、北アメリカに分布し、北極海の沿岸にも生息している。変異は四十七亜種が確認されていて、そのうち日本に生息するキツネは、本州・四国・九州に生息するホンドキツネ（Vulpes vulpes japonica）（図3―1）と、北海道のキタキツネ（Vulpes vulpes schrencki）の二亜種である。特に尾が特徴的で、横断面が円形で長い。食性は雑食だが、食肉目と分類されるように肉食に適した歯をもち、ネズミやウサギ、ニワトリを捕食する。

ヒトは、害獣駆除・スポーツ・毛皮採取などの理由でキツネを狩る。キツネの毛皮は美しく保温性に優れるため多く利用されてきた。

日本では、キツネといえば誰もが豊作や商売繁盛の神様としてよく知られるお稲荷さんを連想するほどなじみ深い存在だ。キツネは稲荷神に仕える神使いだが、稲荷神と同一視されることが多く、神聖な存在としての認識が広く一般的である。

また、キツネには九尾の妖狐や玉藻の前のような、国を操る恐ろしい妖怪としてのイメージも強い。だが、日本人がキツネを愛しすぎるせいか、現在では妖怪としての恐ろしさがぼやけつつある。伊藤慎吾は、ゲームやマンガをはじめとするエンターテインメントで描かれる玉藻の前（図3―

2）について、「九尾をはじめとする古典文芸に育まれてきた妖怪は、物語的な背景は要素としてキャラクターの能力や外形に反映され、まったく異なる世界に登場するようになり、また、九本の尻尾というパーツだけ流用されるようにもなった。玉藻の前は、今はこの段階にある[1]」と指摘する。

さらに、昨今では動物としてのキツネにも注目が集まっている。宮城県白石市にある宮城蔵王キツネ村というテーマパークは大人気だ。ここでは百匹以上のキツネが放し飼いにされ、間近でキツネたちと触れ合うことができる。「「モフモフ」とした風貌に癒されようと国内外からこの施設を訪れ、来場者数は年間十二万人にのぼる[2]」、白石市でも有数の観光スポットだ。

図3-1　キタキツネ
（出典：『日本大百科全書（ニッポニカ）』ジャパンナレッジ版、小学館〔https://japanknowledge.com〕［2024年1月21日アクセス］）

図3-2　Fate シリーズに登場するキャラクターとしての玉藻の前
（https://fate-extella-link.jp/character/tamamonomae/）［2024年11月25日アクセス］

このように、遠い昔から現在に至るまで、キツネは神や妖怪、そして動物として常に日本人から愛されてきた。そんなキツネは、イーハトーブではどのような動物なのだろうか。

2 陰陽五行説と狐信仰

日本では、キツネは神性を与えられ信仰されつづけているが、そのルーツは中国の狐神にさかのぼる。日本人がキツネを尊崇するようになったのは奈良時代のころで、七二〇年ごろ成立の『日本書紀』に「石見国の言さく、「白狐見ゆ」とまをす。（石見国が、「白狐が現れました」と申しあげた。）」と記され、吉兆の印として白狐が登場している。この成立の少し前にあたる七一一年に伏見大社に稲荷大神が鎮座したとされ、祭祀をおこなったのは新羅系渡来人・秦氏の秦伊呂具《はたのいろぐ》である。吉野裕子は、この稲荷大神こそ狐神であり、五穀豊穣の神として勧請されたと指摘する。当時の為政者たちは中国由来の思想である陰陽五行説に基づいて政治を執り行い、一、二年先に起きると予測された水禍を防ぐため、五行説を構成する木・火・土・金・水の五元素のうち、最も尊ばれ、また水に打ち勝つ土を代表する存在として、キツネを祀ったのである。

狐はその体毛が黄色いことから、土気の徳を有するもの、つまり狐神として信仰の対象とされた。土気は大地を意味するが、大地なくして穀物をはじめ一切の草木は生じない。その結果、黄色の狐は穀物神として信仰され、唐の時代、とりわけ農村において狐神崇拝は隆盛を極めたという[4]。

中国からやってきた五穀豊穣を司る狐神は、日本の神で同じく五穀豊穣を司る宇迦之御魂神と習合し、さらに後世になると仏教のダキニとも習合して、日本で広く信仰されていく。このように、日本人のキツネ信仰には陰陽五行説が伏流している。

陰陽五行説の影響はイーハトーブのキツネにもみられ、彼らは月が管轄する世界の動物として登場する。天が陽であり地は陰であるため、土を象徴するキツネも陰になる。「とっこべとら子」「月夜のけだもの」「雪渡り」の舞台は月夜で、「氷河鼠の毛皮」の舞台は夜行列車である。「茨海小学校」は昼の話だが、キツネの学校では太陰暦を使用する。「黒ぶだう」では、キツネは「青ぞらを見ては何べんもタンと舌を鳴らし」す。いまいましそうに太陽を見上げて舌打ちをするのだ。

「土神ときつね」のキツネも、ラストシーンを除いて必ず夜に現れる。夜のキツネは饒舌で、樺の木に夢を見せる。だが、昼のキツネは、太陽から身を隠すように「夏帽子」と「レーンコート」を身に着けて登場する。彼は明らかに太陽を避けている。

同様に、「貝の火」でキツネがホモイに従うのは、テクストの舞台が太陽の管轄する時間に設定されているためである。しかし、「陰気な霧がジメジメ降って」いる日は太陽の支配が弱まる。そこでキツネが本性を現し、鳥を網にかけようと画策する。本領を発揮できる夜にまんまと小鳥たちを捕まえたキツネだが、ホモイとの決闘を続けるなかで「もう夜があけかかって」、キツネは負けてしまう。

また、キツネが登場するテクストでは、赤色あるいは火が印象的に登場するが、これも陰陽五行説に依拠した設定である。稲荷神社に立つ朱色の鳥居と赤い幟にも意味があり、吉野裕子は次のように関連性を指摘する。

> 陰陽五行思想において、土を生じるものは火でなければならない。「火生土」「火、土を生ず」の理である。
>
> 火の色はもちろん赤色である。そこで稲荷祭祀の始まる場所、つまりその入口には何を措いてもまず火気の象徴である朱の鳥居を設けることになったと思われる。
>
> 稲荷神社境内の最初の地点、その入口に狐の土徳を生み、生じ、これを扶翼することが期待出来る朱色の鳥居を据えることは、五行の理に適った呪術である。このように推理すれば、赤い幟もまた朱の鳥居と同じ意義をもつものとして捉えられるわけである。[5]

キツネがもつ超常的な力として火は代表的なものであり、キツネが尾に火をともす狐火は『鳥獣戯画』にも描かれている。東京都北区王子では、毎年大晦日の夜に関東中のキツネが狐火をともして集まるとされ、歌川広重の『名所江戸百景 王子装束ゑの木大晦日の狐火』（図3―3）にも描かれている。

イーハトーブ童話では、「とっこべとら子」に登場するとら子の目が「火のやう」と描写されたり、「氷河鼠の毛皮」のキツネの名前が「赤ひげ」だったり、「月夜のけだもの」のキツネが赤縞のズボンを身に着けていたりする。「貝の火」の宝珠は赤く燃え、「茨海小学校」でキツネの校長がほしがったものは火山弾である。「雪渡り」ではこん助のお尻に火がつき、「黒ぶだう」のキツネは「赤狐」で、公爵の子どもが着ていた上着の色は赤い。そして、「土神ときつね」のキツネは赤革の靴を履き、彼が樺の木との会話のなかで言及する星はアンタレスである。

図3-3　歌川広重『王子装束ゑの木大晦日の狐火』（一立齋廣重画『名所江戸百景』1856-58年）ページ番号なし
(出典：国立国会図書館デジタルコレクション)

「蠍ぼしが向ふを這ってゐますね。あの赤い大きなやつを昔は支那では火と云ったんですよ。」
「火星とはちがふんでせうか。」
「火星とはちがひますよ。火星は惑星ですね、ところがあいつは立派な恒星なんです。」

このように、イーハトーブのキツネのキャラクターには、陰陽五行説が強く意識されているといえる。このキツネたちは稲荷信仰から始まる大きな潮流のなかに立脚した存在なのである。

3　お稲荷さんではない

さて、ここまで稲荷信仰とイーハトーブのキツネの共通点を挙げてきたが、この二つには決定的な違いがある。それは、イーハトーブのキツネが神様ではないということだ。

これは、「土神ときつね」で、土神がしきりにキツネを「畜生の分際」とののしる場面に表れている。イーハトーブではキツネはあくまでも動物であり、信仰される存在ではない。ただ、これはキツネに限ったことではなく、土神も同様に信仰されない。彼らは並列され、比較される存在として登場している。

登場人物は誰も明言しないが、土神とキツネが、樺の木——サクラ(6)をめぐって恋敵として対立しているとは、「ロウレライ」の登場によって決定づけられ、同時に二人の破滅も予感させられる。
左に引用するのは一九二五年（大正十四年）に刊行された『ハイネ全集』の邦訳版である。

こんなに心が悲しいのは
一たいどうしたわけかしら、
昔むかしの物語が
いつも心をはなれずに。
あたりは冷たく暗くなり
ラインはしづかに流れてゐる。
岸邊の山のいただきは
夕日の光にかがやいて。
山の上にはおどろくばかり
きれいな娘がすわつてゐて、
黄金の飾りをかがやかせ
黄金の髪を梳いてゐる。
黄金の櫛で梳きながら
娘はしづかに歌をうたふ、
心の底まで沁みこむやうな

はげしい調の歌をうたふ。
小さな舟のふなのりは
はげしい痛みにとらはれる、
あぶない暗礁も目に附かず
山の上ばかりをながめやる。
ああ、やがては舟も舟のりも
波に呑まれてしまふだらう、
そしてこれはみなその歌で
あのロオレライがしたことだ。(7)

とはいえ、「土神ときつね」は単なる「ロウレライ」のオマージュではない。「土神ときつね」には恋する男が二人登場する。このテクストのテーマは恋心による破滅ではなく、三角関係によって二方向に向けられる嫉妬心なのである。土神とキツネは、身なりや性格、立場や学識という切り口で比較されるが、主な語り手は土神であるため、彼は「神の分際」でありながら、あらゆる面で「畜生の分際」であるキツネに劣っているように印象づけられる。

本来、神と動物はレイヤーが異なる存在であり、比較は不可能である。だから、土神は葛藤して「おれはいやしいけれどもとにかく神の分際だ。それに狐のことなどを気にかけなければならないといふのは情ない。それでも気にかゝるから仕方ない。樺の木のことなどは忘れてしまへ。ところがどうしても忘れられない。今朝は青ざめて顫えたぞ。あの立派だったこと、どうしても忘（ママ）られない」と嘆く。土神は、樺の木とキツネに心を掻き乱される自分自身に対して憤っている。

　ではなぜ、土神とキツネは比較可能なのか。その理由は、イーハトーブ世界の天（太陽と月）が地・海を支配するという構造に求められる。土神は、キツネと同様に土を象徴する土地の神・産土《うぶすな》神《かみ》である。彼は地に縛られた存在であり、イーハトーブ世界のルールから逃れられない。

　たとえ、土神が「いやしくも神」と自身のアイデンティティを神である点に求めたとしても、イーハトーブという世界での絶対的支配者は天に輝く太陽と月だけで、それ以外のものは平等に扱われる。土神はあくまで神という種族でしかなく、ほかの生物と同じ次元に存在している。したがって、キツネもまたほかの生物と同じ次元に存在し、イーハトーブ世界で神として尊崇されることはないのである。

4　化かすキツネと化かさないキツネ

　キツネが化ける／化かす生物であるということは、常識といっていいほど日本では一般的なイメージになっている。化かすとは能動態の動詞で、キツネが化かすというとき、それは主体であるキツネが妖力によってヒトやウマに変身したり、木の葉を紙幣に変えたりしたあと、それを利用してヒトを加害することを指す。つまり、化かすには、①変化《へんげ》する（させる）、②加害する、の二段階

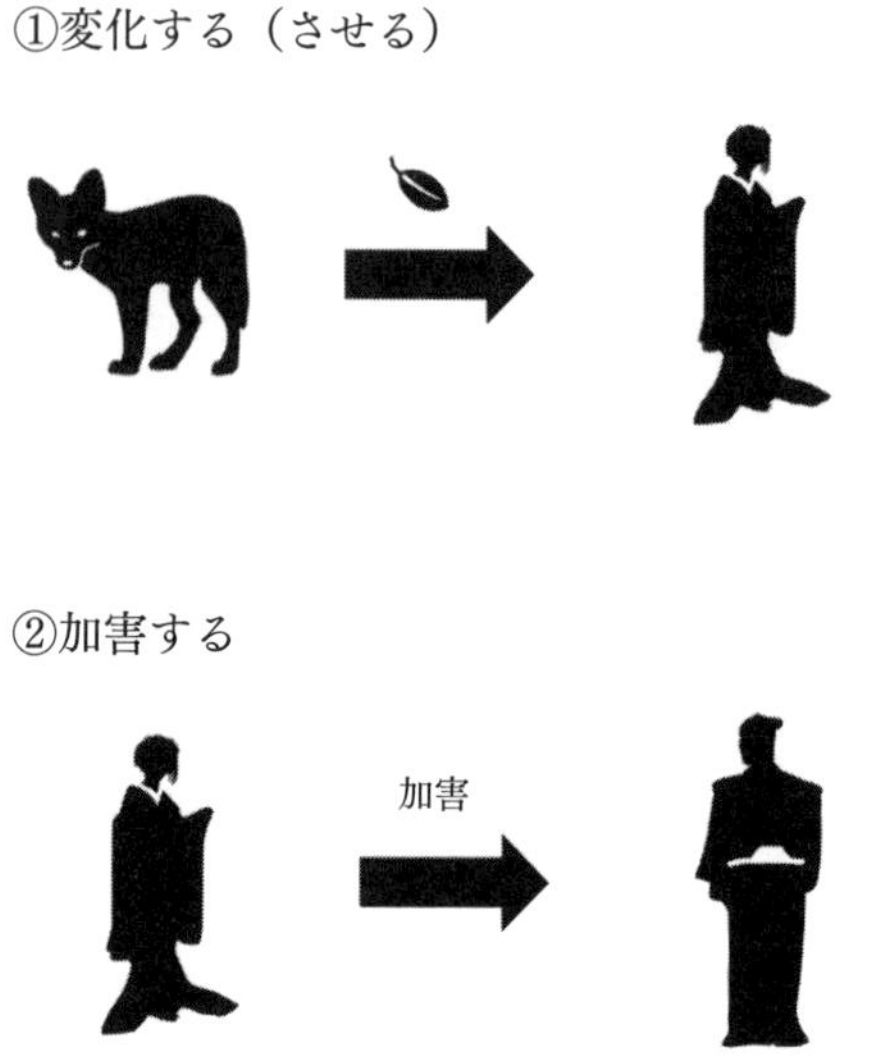

図3-4　キツネが化かすプロセス

が含まれていることになる（図3—4）。

平安時代に成立した日本最古の仏教説話集『日本霊異記』（八二二年ごろ）には、「狐を妻として子を生ましめし縁 第二」という説話がある。男がキツネの化けた女と結婚して子どもまでもうけたが、飼いイヌによって化けの皮が剝がれ正体が明かされる。しかし、男は真実を知ってもなおキツネを愛し、いつも来て寝よと言ったため、女の名はキツネになった。そして、男とキツネの間に生まれた子どもの姓は狐《きつね》の直《あたえ》になり、その子は怪力と俊足を誇った。

昔《むかし》、欽明《きむめい》天皇 是《こ》は磯城嶋《しきしま》の金刺《かなざし》の宮に国食《クニヲ》シシ、天国押開広庭《あめくにおしはるきひろには》の命ぞ。の御世《みよ》に、三乃国《みののくに》大乃郡《おほののこほり》の人、妻《め》とすべき好《よ》き孃《ヲミナ》を覓《もと》めて路を乗りて行きき。時に曠野《ひろの》の中にして姝《うるわ》しき女《をみな》遇へり。其の女、壮《をとこ》に媚《コ》ビ馴《ナツ》キ、壮睇《メカリウ》ツ。言はく、「何《いづく》に行く稚孃《をみな》ぞ」といふ。孃《をみな》答ふらく、「能《よ》き縁《えに》を覓《もと》めむとして行く女なり」といふ。壮も亦《また》語りて言はく、「我が妻《め》と成らむや」といふ。女、「聴かむ」と答へ言ひて、即《すなわ》ち家《いえ》に将《ゐ》て交通《とつ》ぎて相住みき。此頃《このころ》、懐任《はら》みて一《ひとり》の男子を生みき。時に其の家の犬、十二月の十五日に子を生みき。彼《そ》の犬の子、家室《イヘノトジ》に向《むか》ふ毎《ごと》に、期尅《イノゴ》ひ睚《ニラ》み皆《ハニカ》み嘷《ホ》吠ユ。家室脅《オビ》エ惶《おそ》りて、家長《いへぎみ》に、「此《こ》の犬を打ち殺せ」と告ぐ。然《しか》あれども、患《うれ》へ告げて猶《なほ》し殺さず。二月三月の頃に、設けし年米を舂《つ》きし時に、其の家室、稲舂女《いなつきめ》等に間食を充てむとして碓屋《からうすや》に入りき。即ち彼の犬、家室を咋《く》はむとして追ひて吠《ほ》ゆ。即ち驚き澡《オ》ヂ恐り、野干《きつね》と成りて籠《こ》の上に登りて居り。家長見て言はく、「汝と我との中に子を相生《う》めるが故に、吾は忘れじ。毎《つね》に来《きた》りて相寐よ」といふ。故《そゑ》に夫の語《こと》を誦《おぼ》えて来《きた》り寐《ネ》キ。故《そゑ》に名は支都禰《きつね》と為《い》ふ。（略）其の相生《う》ましめし子の名を岐都禰《きつね》と号《なづ》く。亦《また》、其の子の姓《かばね》を狐の直《あたへ》と負《おほ》す。是の人強くして力多《あまた》有りき。走ることの疾《と》きこと鳥の飛ぶが如し。三乃国《みののくに》の狐の直等《あたへら》が根本《もと》是れなり。

［現代語訳］

昔、欽明天皇 このお方は磯城島の金刺の宮で天下を治められた天国押開広庭天皇である。の御代に、美濃の国大野の郡の人が、妻とするために美しい女性を求めて、馬に乗って出かけた。たまたま広い野原で一人の美しい女性に出会った。女は、男に馴れ馴れしくなまめかしいそぶりをするので、男は目を細め目くばせをして、「娘さん、どこへ行くの」と尋ねた。女は、「お婿さん探しに出歩いているんですの」と答えた。そこで男も、「わたしのお嫁になりませんか」と誘った。女は、「よろしゅうございます」と承知した。男はさっそく家に連れて来て結婚し、いっしょに住んだ。しばらくして女は懐妊し、一人の男の子を産んだ。ところが、その家の飼犬も、十二月十五日に子犬を産んだ。その子犬は、いつもこの主婦に向うと、いきり立っておそいかかり、にらみつけ、歯をむき出してほえ立てた。主婦は、おびえ恐ろしがって、主人に、「あなた、あの犬の子を打ち殺してください」と頼んだ。しかし、主人は犬がかわいそうで、どうしても殺せなかった。二、三月のころ、前から用意していた米をついていた時、この主婦は、米つき女たちに出す間食を準備するため、踏み臼小屋に入っていった。すると、親犬のほうが、急に主婦にかみつこうと、追いかけ、ほえついた。主婦はおびえ、こわがって、たちまち狐の姿に身をかえて、逃げ、籠の上に登って座っていた。夫はこれを見て、「おまえとわたしとの間柄は、子供まである仲ではないか、わたしは絶対におまえを忘れたりはしないぞ。いつでもやって来いよ、いっしょに寝よう」と声をかけた。そんなわけで、この狐は、もとの夫のことばを覚えていて、来ては泊って行くのであった。それでこの女を、「来つ寝」――「狐」と名づけることになった。(略)二人の間にできた子供の名を岐都禰と名づけた。またその子の姓を「狐の直」とつけた。この子は、すごい力持ちで、走ることも非常に速くて、鳥が飛ぶようであった。美濃の国の「狐の直」という姓の起りは、以上のようなものである。[8]

これはキツネという名と、狐の直という姓を名乗る家系の由来譚である。超常的な力をもつヒトにはキツネの血が混ざっていると考えられていた。これは平安時代に活躍した陰陽師・安倍晴明のルーツともいわれ、和泉国信太森の白狐・葛葉が安倍晴明の母とされる信田妻《しのだづま》伝承に引き継がれていく(図3―5)。

また、民俗伝承にもキツネの姿は非常に多くみえ、前掲の佐々木喜善『聴耳草紙』には「八五番

図3-5　歌川豊斎『芦屋道満大内鑑』（1891年）。信田妻伝承は人形浄瑠璃や歌舞伎の演目に起用され、竹田出雲『蘆屋道満大内鑑』（1734年初演）で集大成された
（出典：「東京都立図書館デジタルアーカイブ」〔https://archive.library.metro.tokyo.lg.jp/da/detail?tilcod=0000000003-00052465〕［2024年1月18日アクセス］）

狐の話」として二十ものキツネの話が採録されているが、そのすべてでキツネはヒトを化かそうとしている。ヒトがキツネを語るとき、そこには必ず妖力が期待されているのだ。

だが、このセオリーは、イーハトーブ童話ではしばしば強く否定される。「とっこべとら子」の語り手は、「欲ふかのぢいさん」がキツネの化けた「金らんの上下の立派なさむらひ」にだまされ千両箱に変化した大量の砂利を持ち帰るという伝承に対し、「みなさん。こんな話は一体ほんたうでせうか。どうせ昔のことですから誰もよくわかりませんが多分偽《うそ》ではないでせうか」（ルビは引用者）と問いかける。「茨海小学校」の語り手も「狐にだまされたのとはちがひます」とはっきり言っている。そして、「雪渡り」の子ギツネ紺三郎は、酒や恐怖心によってヒトが幻覚を見るとき、たまたまキツネが居合わせるのだと主張する。

四郎がおどろいて尋ねました。

「そいじゃきつねが人をだますなんて偽かしら。」
紺三郎は熱心に云ひました。
「偽ですとも。けだし最もひどい偽です。だまされたといふ人は大抵お酒に酔ったり、臆病でくるくるしたりした人です。面白いですよ。甚兵衛さんがこの前、月夜の晩私たちのお家の前に坐って一晩じゃうるりをやりましたよ。私らはみんな出て見たのです。」

たしかに、「とっこべとら子」で語られる「ゆふべ起ったこと」は、お祝いの席での自分の扱いに不満を抱いた「小吉といふ青い小さな意地悪の百姓」が田の畔に立っていた疫病よけの「源の大将」を道の真ん中に立て直した。それを見た酔っぱらいの客たちがとら子だと思って大騒ぎしたという内容だから、その場にとら子がいたか非常に怪しい。また、「雪渡り」で子ギツネが四郎たちに差し出した黍団子は本物だった。だが同時に、「氷河鼠の毛皮」の「赤ひげ」がヒトに化け、列車にスパイとして乗り込んでいたことも事実である。タイチはたしかに酒に酔っていたが、ほかの乗客は酔っておらず、何かにおびえた状態でもなかった。そもそも酒に酔った状態、あるいは暗闇におびえる精神状態でキツネに化かされたと主張するヒトは絶対に幻覚を見ていると断言できるだろうか。宮沢光顕は、キツネによる被害について次のように分析する。

さて、狐たちが人間のもっている菜種油や油揚げをねらうのは夕方から晩にかけてがいちばん多い。この時間帯は、昔から逢魔時とか、かはたれ時（彼は誰ぞと会う人に声をかけてみたく

なる時刻）といわれた。（略）
　夕暮がだんだん濃くなり、あたりが見えにくくなると、人間どもはしだいに精神状態が不安定になっていく。（略）
　こんな時間帯を利用して、狐や狸たちは人間のもっている好物をねらった。（略）ことに、アルコールの入った人間はまことに扱いやすかったようだ。これらの事件にたいし、被害者である人間たちは決して狐や狸に品物を奪われたとはいわなかった。自分たちの不注意と臆病さを棚あげして、狐や狸に化かされた化かされたと宣伝した。なかには品物を落したり、好きな女に差上げてきた人まで、化かされてしまったといって言い逃れをしたのである。(9)

　つまり、ヒトがキツネに化かされたという話には、本当の被害と嘘が混在しているのである。これはイーハトーブ童話でも同様で、キツネが本当に化かした話もあれば、風評被害もある。イーハトーブのキツネもまた妖力をもっている。
　キツネが妖力を行使するテクストとしては「とっこべとら子」「氷河鼠の毛皮」、そして「茨海小学校」が挙げられる。とら子はヒトを化かすことで有名なキツネであり、「さむらひ」の話は彼女の仕業である。「氷河鼠の毛皮」で「赤ひげ」が人に化けていたことは前述のとおり。「茨海小学校」は、語り手である麻生農学校教師が「狐にだまされたのなら狐が狐に見えないで女とか坊さんとかに見えるのでせう。ところが私のはちゃんと狐を狐に見たのです。狐を狐に見たのが若しだまされたものならば人を人に見るのも人にだまされたといふ訳です」と語り、化かさないキツネの話のような印象を与える。だが、テクストの終わりは教師がキッネから逃げ出す様子を描いている。彼は茨海小学校の教育方針も何もかも理解することはできず、まさにキツネにつままれたようになって帰路につく。


私はもう頭がぐらぐらして居たゝまらなくなりました。

するとと校長がいきなり、

「ではさよなら。」といふのです。そこで私も
「これで失礼致します。」と云ひながら急いで玄関を出ました。それから走り出しました。狐の生徒たちが、わあわあ叫び、先生たちのそれをとめる太い声がはっきり後ろで聞えました。私は走って走って、茨海の野原のいつも行くあたりまで出ました。それからやっと落ち着いて、ゆっくり歩いてうちへ帰ったのです。で結局のところ、茨海狐小学校では、一体どういふ教育方針だか、一向さっぱりわかりません。

正直のところわからないのです。


また、このテクストの草稿冒頭には「茨海小学校『。↓と狐に欺された郡視学のはなし。』↓（やや青みのつよいブルーブラックインクで）茨海小学校」と推敲過程が残され、やはり教師はキツネにだまされていることがわかる。このテクストのキツネもヒトを化かすのだ。

こうして考えると、本当にヒトを化かさないキツネは「雪渡り」の子ギツネたちだけということになる。ではなぜ、彼らは妖力を否定するのだろう。

5　新時代の到来と世代交代

ここで注目したいのは、ヒトを化かすキツネがみな古老のキツネだという点である。長生きのキツネが妖力をもつという考えは古くからあり、もとをたどれば中国の神仙思想までさかのぼる。これは不老不死の仙薬を得て現世を超越した神仙になろうとするという思想で、司馬遷『史記』（紀元前・前漢時代）の、秦始皇帝に対し徐福（徐芾）が「海のなかに三つの神山があります。その名は蓬萊《ほうらい》・方丈《ほうじょう》・瀛洲《えいしゅう》と申します。仙人がそこに住んでおります。願わくば、斎戒沐浴し、この地に童児童女とともに仙人を求めたいと思います、お許しのほどを！」[10]と、仙薬を求めて旅立つ許しを得るエピソードが有名である。

さて、このように中国で多くの権力者が渇望した不老不死だが、これはキツネも同様だった。宮沢光顕は、キツネがヒトを化かす動機は精気を取り込む必要があったためとして、次のように述べる。

狐自身も不老長寿をねがい、できうることならば仙術を修練して、人間が神仙となることを願望するように、一番上の階級の「天狐」となり自由自在に狐の世界に遊びたかった。そこで、天狐となるためには霊薬を服する必要がある。この霊薬というのが人間の精気などで、その精気を吸収するためには女に化けて人間の男性をだまさなければならなかった。(11)

また、志怪小説の代表作である干宝『捜神記』(四世紀ごろ)に収録されている「千年の狐」は、「燕の昭王の墓の前に一匹のまだら狐が住んでいて、劫を経て自由に化けることができたから、書生に姿を変えて張公に会いに行こうとした(12)」という場面から始まる。『本草綱目』にも「或云狐至百歳礼北斗変為男婦以婬以惑人(13)」(キツネは百歳になると、北斗七星を礼拝して男女の姿に変化し、淫を以て人を惑わす〔日本語訳は引用者〕)と記されている。

つまり、キツネが妖力を得るには百年・千年の修行が必要で、長く生きたキツネだけがヒトを化かすことができる。とっこべとら子も、橘不染『もりおか明治舶来づくし』に「〝斗米とら子に馬場まつ子、石間かめ子にだまされな〞とは、古い童謡なり。いずれも稲荷あり。その使の狐とて、各稲荷に附属せしものありて、これらにたぶらかされるなと誡めたり(14)」と記されるほど、昔からヒトを加害する古いキツネであるから、その妖力は折り紙つきなのだ。

「茨海小学校」でキツネが麻生農学校教師を化かした理由は、火山弾の奪取である。キツネはしばしば、ヒトから油揚げやニワトリ、魚などほしいものを奪うために化かす。そのためには自身を若い女などに変化させるか、あるいは中村禎里が「狐はたんに人に化けるだけでなく、状況全体を作為して人を化かす能力をも示す(15)」と指摘するように、もっと大規模に空間を変化させる。つまり、キツネは火山弾を奪うために、小学校そのものを幻視させたと考えられる。
教師の隣に立ち続け、火山弾を寄付させた校長は、目が金色で近眼の年老いたキツネである。彼は火山弾を奪うため、茨海小学校という空間を作り出して大がかりな罠を仕掛けた。そのため、第三学年担任の名前がテクストの途中で変わったり、第二学年と第三学年の授業内容が説明と逆転していたりする。もしかすると、ほかのキツネたちさえも幻なのかもしれない。「一番狐のよく捕れるわなは、昔からの狐わなだ、いかにも狐を捕るのだぞといふやうな格好をした、昔からの狐わなだと、斯う云ふわけです」という発言はそのまま教師に当てはまり、彼は堂々と姿を現したキツネにこそ、油断し化かされてしまった。

一方、これら二つのテクストに登場するキツネと比較して、あまり大きな力を振るわないキツネが「氷河鼠の毛皮」の赤ひげである。彼は自身の姿をヒトに変化させるが、列車に乗り合わせたヒトに幻を見せるわけでも、何かを奪うわけでもない。ただシロクマたちを手引きし、明け方とともにタイチに真っ向から攻撃を仕掛ける。彼はなぜ、妖力でタイチを懲らしめなかったのだろう。その答えは、テクストのテーマが毛皮貿易であることに求められる。毛皮目的で狩られてきたクマとともに登場したことが重要なのだ。

キツネの毛皮は七種類に区別されて取引される。一九二〇年ごろは一枚平均二百四十六ドルだった(16)。日本銀行金融研究所の「歴史統計(17)」によると、当時の百円がおおよそ五十ドルだったため、約五百円（現在の貨幣価値で約五十万円）という高額で取引されていたことになる。キツネはクマと同様に、開国以来、信仰風化の潮流のなかで妖力を衰えさせていたのである。

こうした変化は新しい創作物のなかのキツネ像にも影響を及ぼし、これまでヒトを好き勝手だましていたはずのキツネは徐々にヒトを恐れるようになる。代表的な作品は、落語『王子の狐』だろう。キツネが女に化けるところを目撃した男が逆にキツネを化かす話で、落ちの場面では、反省した男からお詫びにと渡されたぼた餅を見たキツネが「馬糞かもしれない」と疑う。この演目は明治・大正時代の落語家で名人の初代三遊亭円右が、上方ばなしの『高倉狐』を改題したものである。ほかにも、「赤い鳥」第三巻第一号（赤い鳥社、一九三二年一月）で発表された新美南吉の「ごんぎつね」ではキツネのごんが銃を持った兵十に撃ち殺されてしまうし、『手袋を買いに』（大和書店、一九四三年）の母さんキツネは、ヒトに追い掛け回されたトラウマのせいで町へ近づくことができず、かわいいわが子をたった一匹で町へ行かせることになる。

イーハトーブで明治時代以降に生まれたキツネたちもこの一環にあった。文明開化による信仰風化の波が押し寄せる時代、ヒトのなかにはキツネの妖力を疑う者が現れ、「多分偽ではないでせうか」と問いかける。キツネたちも、美学や天文学を知り、地球儀を持ち、燕尾服を着て、幻灯機を使う。科学と世界を知ったキツネたちは、もはや過酷な修行を乗り越え、天狐になろうとは考えない。キツネはヒトを化かさない生き物に進化することで時代に適応したのである。こうして、かつてキツネたちがもっていた力は新時代のキツネたちから失われ、「けだし最もひどい偽」になった。キツネ社会はまさに、世代交代のただなかにあったのだ。

6　だます本能を克服せよ

イーハトーブのキツネたちは嫌われ者で、テクスト内での彼らの評価はかなり低い。「とっこべとら子」では、とら子がヒトから金品を盗む手腕は「実に始末に終へない」と評される。「茨海小学校」の麻生農学校教師は「どうせ狐のことだからまたいゝ加減の規則もあって」と、キツネのやることはでたらめだというスタンスだった。「土神ときつね」で、土神は「狐の如きは実に世の害悪だ。たゞ一言もまことはなく卑怯で臆病でそれに非常に妬み深いのだ」と酷評し、実際にキツネは樺の木に対して嘘ばかりついている。「貝の火」のキツネは「意地悪の狐」でホモイをいじめていた。トウモロコシやパンを繰り返し盗み、ホモイが貝の火を手に入れてからは、従うふりをしてホモイを調子に乗らせ、都合よく操ってみせた。「月夜のけだもの」でも「悪いことをやめない」嘘つきとして登場し、何度も獅子大王から罰を受けている。「黒ぶだう」では子ウシをそそのかしておとりに利用し、ベチュラ公爵の別荘でブドウを盗み食いする。「氷河鼠の毛皮」ではスパイという役目を引き受け、最後まで乗客たちを欺いてみせた。イーハトーブのキツネたちは、妖力だけに頼らず、その手癖の悪さと巧みな嘘によって他者をだます動物なのである。

日本でのキツネのこうした詐欺師のような、誰かをだますイメージは現代まで根強く、原ゆたかによる児童書シリーズ『かいけつゾロリ』（ポプラ社、一九八七年―）の主人公ゾロリも、怪盗の衣装に身を包んで「いたずらの王者をめざし、しゅぎょうの旅をつづけるキツネ」[18]である。

これらのイメージの源泉は、言わずもがな玉藻の前伝承である。この伝承は、殷《いん》の紂王《ちゅうおう》をたぶらかして酒池肉林の限りを尽くし国を滅ぼした白面金毛九尾の妖狐・妲己が、そのあと日本に渡り、玉藻の前と名前を変えて宮廷に入り込み国を傾けようと画策するが、安倍晴明によって調伏され殺生石で封印されたという筋が定説になっている。だが、これは様々な伝承・伝説が合成された結果であり、伊藤慎吾は「近代においては大正七年の岡本綺堂『玉藻の前』がその後の玉藻像に大きな影響を与え、（略）様々なメディアを通して幅広く展開していき、今日に至っている」[19]と指摘する。

伊藤はまた、この『玉藻の前』が人気を博し、一九一八年以降二〇一九年までに九回刊行されていることを挙げ、「戦後には、これを原作とする小説や映画『九尾の狐と飛丸』（一九六八年）、漫画が作られ、またラジオ朗読や舞台演劇も行われた」[20]と指摘する。玉藻の前伝承は現代でも様々な創作物でモチーフとして活用されていて、高橋留美子『犬夜叉』（全五十六巻、小学館、一九九七―二〇〇八年）では、殺生丸、犬夜叉を封印する巫女・桔梗（星形の文様、安倍晴明判の異名）などが、キーワードとしてちりばめられている。

この、だますキツネのイメージはヨーロッパでもみられ、イソップ寓話には鹿の死骸をめぐって争うライオンとクマを差し置いて漁夫の利を得るキツネの話がある。

獅子と熊《くま》と。鹿の死骸を見付けて。互ひに我ものにせんと。移晷噬合《ながいあひだかみあ》ひたりしが。やがて双方とも精がつき力が抜けてどうする事も叶はず。同処《ひとつところ》に軟弱《ぐたく》になつて倒れて居ると。狐が樹蔭《かたかげ》から見済《みすま》して突《つい》と走出《かけだ》し。獲物《ゑもの》を攫去《ひつさらつ》て逃往《にげゆ》くゆゐ。獅子も熊も是を見て共に歎息して。（ママ）「イヤハヤ馬鹿な事をしました。渾身負創《どこもかしこもきずだらけ》。手はきかず足は立ず。剰《おまけ》に這様《あん》な弱敵《よはいやつ》に餌《ゑ》を奪去《さらは》れるとは残念至極《ざんねんしごく》。以来御互《おたがひ》に中よくして。此般《こん》な事は決してしますまい(21)

また、ジャン＝ポール・クレベールは『動物シンボル事典』で「狡知にたけた狐のイメージは、世界文学の普遍的な主題の一つである(22)」と指摘し、そのルーツについて次のように述べている。

しかしながら狐が大成功を博したのは、なんと言っても中世、一匹の goupil（狐）から「ルナール殿」を創り出したかのファブリオ、人よんで『ルナール物語』即ち『狐物語』以来のことである。goupil と言えば、「狼」を表すラテン語の辞の縮小辞 vulpēcula から派生した言葉である。フランス語では当初この言葉が「狐」を意味した訳だが、『狐物語』の成功は余りに大きく、幾つもの版が出回ったので、とうとうこの新しい言葉、renard（ルナール）が古い goupil を押しのけてしまった。こちらはかろうじて固有名詞となって生きのびている次第である(23)。

『狐物語』は十二世紀から十三世紀にかけて作られた動物説話集だが、こちらも玉藻の前伝承と同様に、イソップ寓話をはじめ様々な説話や伝承が付け加えられ膨れ上がっていった。キツネのルナールが悪知恵をはたらかせてヒトやニワトリなどをだますという筋だが、有名な場面はオオカミのイザングランとの対決、そして獅子王ノーブルの前で開かれる裁判のシーンである。ルナールは、イザングランの妻エルサンと密通し、エルサンの子どもたちに暴力を振るう。それからもエルサンを強姦し、イザングランをさんざんに侮辱するという悪辣ぶりである。その後、イザングランの嘆願によって裁判が開かれるが、ルナールは裁判官である獅子王ノーブルさえもペテンにかけ、裁判から逃げ出すことに成功する。

この物語は、日本では植木孝之助によって、『英和対訳お伽文学選集』第一巻（文献書院、一九二四年）として「こんこん狐物語」のタイトルで出版され、獅子王の裁判の場面が英語と日本語対訳で描かれている。獅子王に対して様々な動物がキツネの罪を訴えるが、その罪状としては、オオカミの子どもに暴力を振るって失明させた罪、イヌがもっていた一つしかない菓子を奪った罪、ノウサギをだまし殺そうとした罪、二羽のニワトリの首を掻き切って殺した罪などが挙げられている。

獅子王によって裁かれるキツネという構図は「月夜のけだもの」と酷似していて、このテクストは明らかに『狐物語』を意識している。「月夜のけだもの」のキツネもほかの獣たちに悪事をはたらき、獅子大王のもとには「あちこちからたくさん訴が」届いている。キツネはそのたびに獅子大王に裁かれ、罰として毛をむしられているが、それでも懲りることはない。

また、「黒ぶだう」に登場するキツネとブドウの組み合わせもイソップ寓話の「第一　狐と葡萄の話」を想起させる。イーハトーブのキツネは、ヨーロッパのキツネ観からも影響を受けているのである。ちなみに、菅間誠之助『ワイン用語辞典』（平凡社、一九八九年）には「ラブラスカ系品種の葡萄（学名 Vitis labrasca）を原料にしたワインに特有な香り」として Fox flavor という言葉が挙げられている。この用語の由来には様々な説があり、名づけ親の名前がFoxだったとかブドウの名前からだとかいわれるが、そのなかの一つに「狐の尻尾の臭い（odeur de queue de renard）」[24]と似ているからという説もある。真偽のほどは不明だが、キツネとブドウの縁は深いようである。

さて、以上のように、イーハトーブのキツネは日本（中国）・ヨーロッパでのキツネのネガティブなイメージを取り込んでいる。彼らにとってだますことは本能で、とうていあらがえるようなものではない。「月夜のけだもの」でキツネは何度も毛をむしられ痛い思いをしているはずだが、ニワトリを捕ることも、嘘をつくこともやめられない。「茨海小学校」の生徒たちが、草わなで麻生農学校教師を転ばせたことを校長に咎められる場面は象徴的である。


「あんなことをして悪いと思はないか。」

「今は悪いと思ひます。けれどもかける時は悪いと思ひませんでした。」

「どうして悪いと思はなかった。」

「お客さんを倒さうと思ったのぢゃなかったからです。」

「どういふ考でかけたのだ。」

「みんなで障碍物競争をやらうと思ったんです。」

「あのわなをかけることを、学校では禁じてゐるのだが、お前はそれを忘れてゐたのか。」

「覚えてゐました。」

「そんならどうしてそんなことをしたのだ。かう云ふ工合にお客さまが度々おいでになる。それに運動場の入口に、あんなものをこしらえて置いて、もしお客さまに万一のことがあったらどうするのだ。お前は学校で禁じてゐるのを覚えてゐながら、それをするといふのはどう云ふわけだ。」

「わかりません。」

「わからないだらう。ほんたうはわからないもんだ。それはまあそれでよろしい。お前たちはこのお方がそのわなにつまづいて、お倒れなさったときはやしたさうだが、又私もこゝで聞いてゐたが、どうしてそんなことをしたか。」

「わかりません。」

「わからないだらう。全くわからないもんだ。わかったらまさかお前たちはそんなことしないだらうな。では今日の所は、私からよくお客さまにお詫を申しあげて置くから、これからよく気をつけなくちゃいけないよ。いゝか。もう決して学校で禁じてあることをしてはならんぞ。」

「はい、わかりました。」

「では帰って遊んでよろしい。」校長さんは今度は私に向きました。担任の先生はきちんとまだ立ってゐます。

「只今のやうなわけで、至って無邪気なので、決して悪気があって笑ったりしたのではないやうでございますから、どうかおゆるしをねがひたう存じます。」

しかし、どれほど本能だといっても、同じ獣社会で暮らす獣たちにとって、キツネのだますという習性は迷惑以外の何ものでもない。そのためにキツネは獣社会で嫌われている。だが、キツネは同じように嫌われ者であるフクロウや、後述するカエルとは異なり、所属するコミュニティに参画することが許されている。獣たちはキツネを村八分にすることができないようである。これはなぜだろう。その答えは、キツネが獣社会で果たしている役割にある。

　キツネは地面に穴を掘って営巣するが、その巣の大半がヒト社会の近くに存在している。吉野裕子は「森や林の縁辺など、どちらかといえば人里近く巣を設ける。巣穴の位置は丘の傾斜面に多く、その他、廃屋・廃車等、人によって使用されたところや物が利用される場合もある。こうして狐は人と不離不即の関係を保ってくらして来た」[25]ため、様々な伝承が生まれたと指摘する。ヒトの近くで生活するためキツネはヒト社会に精通し、ほとんど完璧にヒトの姿へ変化する。イーハトーブのキツネもヒト社会にほど近い場所で生活し、「とっこべとら子」ではヒトから魚や油揚げを奪い、「貝の火」「茨海小学校」「月夜のけだもの」「黒ぶだう」では家禽であるニワトリや、パン、トウモロコシ、ブドウを盗む。「茨海小学校」ではヒトの子どもに対し、養鶏の方法を指南しようとまでするのである。

　キツネは獣社会の誰よりヒトに詳しい。その知識と経験を活用し、キツネたちは獣社会へヒト社会の情報を伝達するマスメディア的役割を担っているのではないか。「貝の火」でホモイ家にパンを持ち込み、動物園を開くことを提案したのはキツネである。第2章で指摘したように、動物園は博物学の流入とともに明治時代以降に開業した、当時は非常に先進的な文化施設である。「氷河鼠の毛皮」では、シロクマにタイチの情報をリークし、「黒ぶだう」では子ウシに家のなかでの作法を教える。極めつきは「土神ときつね」で、キツネは樺の木に天文学、美学を教え、ハイネの詩集を貸し与えているのだ。「立派な黒いフロックコート」と「太い金頭のステッキ」を持つライオンが頂点に立ち、「せんべい位ある金貨」を用いた貨幣制度と裁判制度を導入し、ヒト社会に追随して近代化が起こっている獣社会にとって、キツネが果たした功績は大きい。だから、決して無視できない存在なのである。

さて、このように嫌われ者でありながら特殊な立場を維持し、器用に獣社会を渡っているキツネだが、彼らのなかには自身の本能に苦しむ者たちがいる。「土神ときつね」のキツネは樺の木をだますたびに後悔の念にさいなまれ、「あゝ僕はたった一人のお友達にまたつい偽を云ってしまった。あゝ僕はほんたうにだめなやつだ」と自己嫌悪に陥る。だが、本能によるものであるから、「決して悪い気で云った」わけではないし、制御もできない。結局、キツネは自らの本能によって土神の嫉妬心を爆発させてしまい、破滅を迎える。「雪渡り」で、紺三郎が「大人になってもうそをつかず人をそねまず私共狐の今迄の悪い評判をすっかり無くしてしまふだらうと思ひます」と挨拶する場面は、子ギツネたちが本能にあらがう決意を表明する場面であり、その道程には多くの困難が立ちはだかることが予感される。自分たちが差し出した黍団子を四郎とかん子が食べてくれたことは、子ギツネたちにどれほどの希望を与えたことだろうか。

こうしたキツネたちの奮闘は実を結び、近年では本能から脱却するキツネが登場しはじめた。ウォルト・ディズニー・カンパニーのアニメーション作品『ズートピア』（*Zootopia*、監督：バイロン・ハワード／リッチ・ムーア、二〇一六年）に登場するキツネのニック・ワイルドは「〝キツネらしい〝人生を生きる〝夢を忘れた〟詐欺師[26]」だが、実は社会からの偏見と差別によって傷ついた過去をもち、キツネらしく振る舞うことを余儀なくされていた。彼は、ウサギの新米警察官ジュディ・ホップスとともに、とある事件を追いかけるなかで呪縛から解き放たれ、キツネはだます生き物であるというレッテルからの脱却を果たす。また、緑川ゆきによる少女漫画『夏目友人帳』（白泉社、二〇〇五年―）では、孤独でけなげな幼い子どもとして「子狐」が登場する。このキツネには狡猾なところは一つもなく、むしろ不器用でまっすぐな性格として描かれている。そして、ブリッタ・テッケントラップによる創作絵本『いのちの木』（ポプラ社、二〇一三年）（図3―6）は、キツネの死から物語が始まる。森の仲間たちはキツネを愛していたため悲しみに暮れるが、温かい思い出話を交わすうち、仲間たちの心に変化が生まれていく。そのうち、キツネが死んだ場所からキツネと同じ色の芽が出て、大きな木へと成長していくのである。

　ヒトに愛されヒトと生きるキツネは、時代の流れとともに妖力を捨て、社会のなかで進化することを選んだ。彼らが本能を克服する日は近いのかもしれない。

図3-6　ブリッタ・テッケントラップ作・絵『いのちの木』森山京訳（ポプラせかいの絵本）、ポプラ社、2013年

注

（1）伊藤慎吾「妖狐玉藻像の展開――九尾化と現代的特色をめぐって」「学習院女子大学紀要」第二十二号、学習院女子大学、二〇二〇年、一三ページ

（2）NECIT風土記編纂室R「宮城発 ツイッターから人気スポットを発掘 SNS分析を地域振興に活用」（https://wisdom.nec.com/ja/collaboration/2017062801/）［二〇一七年六月二十八日公開、二〇二二年十月十一日アクセス］

（3）『新編日本古典文学全集4 日本書紀3』小島憲之／直木孝次郎／西宮一民／蔵中進／毛利正守校注・訳、小学館、一九九八年、二一一ページ

（4）吉野裕子『狐――陰陽五行と稲荷信仰』（ものと人間の文化史）、法政大学出版局、一九八〇年、vページ

（5）同書一一七ページ

（6）原子朗『定本 宮澤賢治語彙辞典』（筑摩書房、二〇一三年）では樺について次のように定義している。「小学館版『日本国語大辞典』に、岩手県稗貫郡では山桜を指すとある。栗原敦も賢治作品で単に「樺」とだけある場合、「白樺」ではなく、特に花を取り上げる時は山桜、樺桜を指すと考えてだいたいまちがいないとしている。童「土神と狐」の「奇麗な女の樺の木」はサクラをカバと呼ぶ好例だろう。特に東北地方は、オオヤマザクラ、カスミザクラ、ミヤマザクラ、オクチョウジザクラ、ミネザクラ、エドヒガンの六種が分布。これらはみな山に生えるので山桜と呼ばれる。植物学上のヤマザクラと混同しないことが肝要か（中谷俊雄による）」（一四六ページ）

（7）『ハイネ全集』第一巻、生田春月訳、春秋社、一九二五年、二二三ページ

（8）『新編日本古典文学全集10 日本霊異記』中田祝夫校注・訳、小学館、一九九五年、二六―二八ページ
（9）宮沢光顕『狐と狼の話』有峰書店新社、一九八一年、四一―四二ページ
（10）『中国古典文学全集4 史記 上』野口定男ほか訳、平凡社、一九五八年、六七ページ
（11）前掲『狐と狼の話』五五ページ
（12）干宝『捜神記』竹田晃訳（東洋文庫）、平凡社、一九六四年、三四四ページ
（13）前掲『本草綱目五二巻図三巻奇経八脈攷一巻脈訣攷証一巻瀕湖脈学一巻附本草万方鍼線八巻本草綱目拾遺一〇巻』
（14）橘不染『もりおか明治舶来づくし』トリョー・コム、一九七五年、八八ページ
（15）中村禎里『狐の日本史――古代・中世びとの祈りと呪術 改訂新版』戎光祥出版、二〇一七年、二〇ページ
（16）『日本大百科全書（ニッポニカ）』ジャパンナレッジ版、小学館（https://japanknowledge.com）［二〇二二年十月十一日アクセス］
（17）日本銀行金融研究所「歴史統計」（https://www.imes.boj.or.jp/jp/historical/hstat/hstat_prev.html）［二〇二二年十月十一日アクセス］
（18）ポプラ社「かいけつゾロリ オフィシャルサイト」（https://www.poplar.co.jp/zorori/）［二〇二二年十月十一日アクセス］
（19）前掲「妖狐玉藻像の展開」一ページ
（20）同論文六ページ
（21）『通俗伊蘇普物語』渡部温訳（東洋文庫）、平凡社、二〇〇一年、一二六ページ

(22) ジャン＝ポール・クレベール『動物シンボル事典』竹内信夫／柳谷巖／西村哲一／瀬戸直彦／アラン・ロシェ訳、大修館書店、一九八九年、一二三ページ
(23) 同書一二二ページ
(24) 菅間誠之助『ワイン用語辞典』平凡社、一九八九年、一六四ページ
(25) 前掲『狐』九ページ
(26) ウォルト・ディズニー・ジャパン「ズートピア」(https://www.disney.co.jp/movie/zootopia.html)［二〇二二年十月十一日アクセス］

第４章　タヌキ——私腹を肥やす横着者

タヌキが登場するイーハトーブ童話
「寓話　洞熊学校を卒業した三人」「蜘蛛となめくぢと狸」「セロ弾きのゴーシュ」「月夜のけだもの」

1　日本の特産種

前章ではキツネを扱った。キツネの次は、もちろんタヌキである。「狐狸」や「狐の七化け狸の八化け」など、ヒトを巧みに化かす動物であることを示すタヌキがキツネと対をなす言葉は数多い。ただし、タヌキの妖力が及ぶ範囲はキツネとは異なり、日本に限られる。井上友治は、様々なものに化けてヒトをたぶらかす生き物というタヌキの動物観は、ほとんど日本でしかみられないと指摘する。

まず、狸は日本人だけのものであるということである。(略)狸民話に至っては、ほとんどが日本人の創作によるものである(略)狸に関する文化は日本人の生んだ、特異な文化であり、そこには日本的情緒が溢れている。(1)

これはなぜかといえば簡単な話で、タヌキ(Nyctereutes procyonoides)の生息域が極東、しかもほぼ日本に限定されるからである。タヌキとキツネの分布図を見ればその生息域の偏りは一目瞭然だ(図4―1)。キツネの生息域が広大で変異も幅広いのに対し、タヌキの生息域は日本とユーラシア大陸の北、シベリアのアムール川から南はベトナム北部までときわめて狭い。また、変異もわずか六亜種。日本には、本州・四国・九州および佐渡島に分布するホンドタヌキ(N. p. viverrinus)と、北海道に分布するエゾタヌキ(N. p. albus)の二亜種が生息している。なお、図中の東ヨーロッパから中東地域にかけての分布は、毛皮を目的として人為的に持ち込まれたところから増えたものであり、自然分布とは異なる。

また、いしかわ動物園が発行する情報誌「アニマルあいズ(2)」によると、世界三大珍獣の一種であるコビトカバをシンガポールから導入するにあたり、交換条件としてホンドタヌキ六頭をいしかわ動物園から提供している。高槻成紀は、シンガポール側が日本にタヌキの提供を求めた理由を次のように分析する。

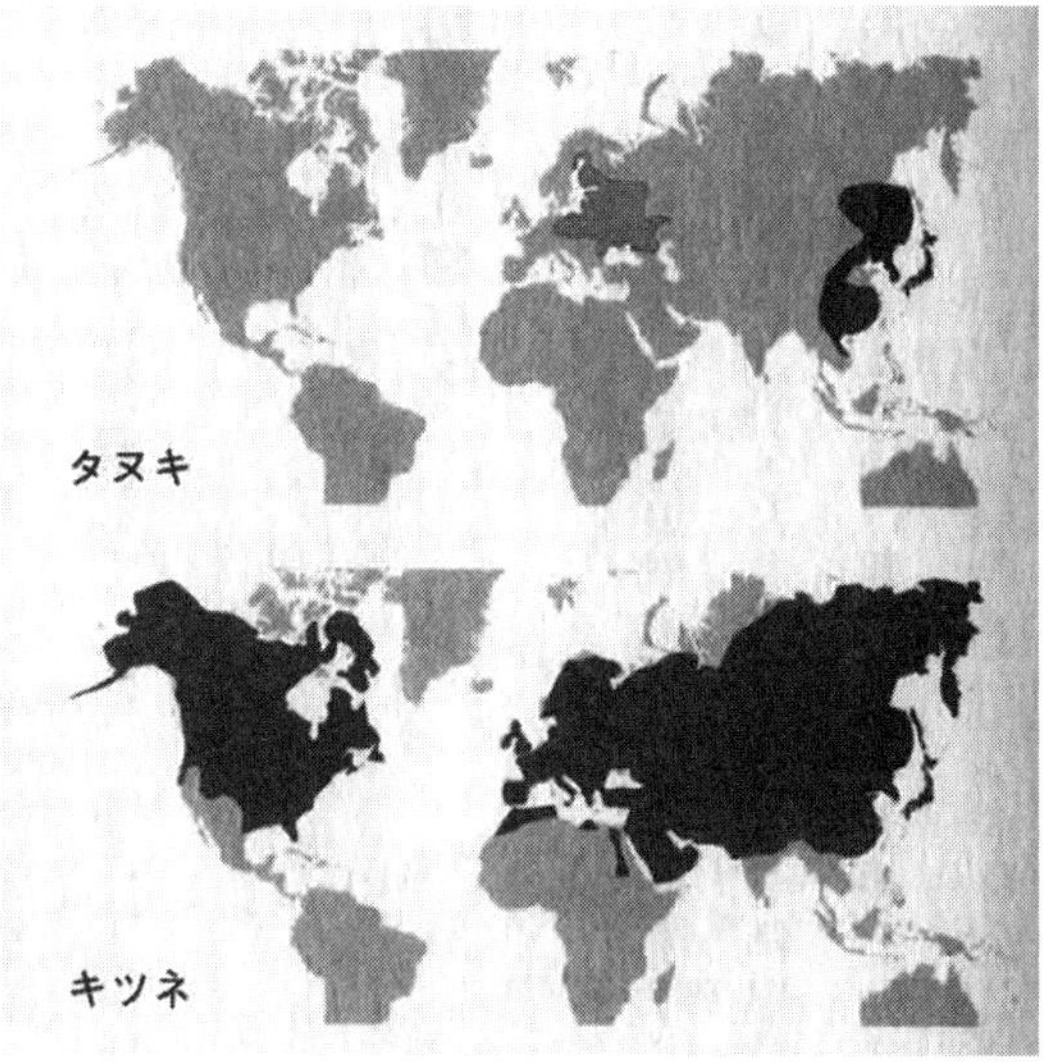

図4-1　タヌキとキツネの分布図
（出典：高槻成紀『タヌキ学入門——かちかち山から３・11まで身近な野生動物の意外な素顔』誠文堂新光社、2016年、31ページ）

分布を見れば中国やベトナムにもいるのに、なぜ日本からと思うが、分布図というのは気をつけて見なければならない。いるかいないかでいえば「いる」となるが、分布図からは数のことはわからない。分布していても数は少ないことも多い。おそらくシンガポールはこれらの場所からの交換はできないとみて日本の動物園と交渉したのであろう[3]。

日本では東京・新宿でさえたびたび目撃されるほどタヌキはありふれた動

物だが、世界的にはコビトカバとの交換に値するほど珍しい特産種なのである。日本で特異な動物観を形成しているタヌキは、イーハトーブではどのような動物なのだろうか。

2 キツネ以外の化かすもの

日本でタヌキは、キツネと同格のヒトを化かすものとされているが、そもそもこれはなぜなのだろう。タヌキとは何ものなのか。

タヌキが初めて日本の文献に登場するのは『日本書紀』である。第十一代・垂仁天皇の一代記である巻第六には、イヌに食い殺されたタヌキの腹から、大きな勾玉が出てきた様子が次のように書かれている。

昔《むかし》、丹波国《たにはのくに》の桑田村《くはたのむら》に人《ひと》有《あ》り。名《な》を甕襲《みかそ》と曰《い》ふ。則《すなは》ち、甕襲が家《いへ》に犬《いぬ》有《あ》り。名を足往《あゆき》と曰ふ。是《こ》の犬《いぬ》、山獣《やまのしし》名は牟士那《むじな》といふを咋《く》ひて殺《ころ》す。則《すなは》ち獣《しし》の腹《はら》に八尺瓊勾玉《やさかにのまがたま》有《あ》り。因《よ》りて献《たてまつ》る。是《こ》の玉は、今《いま》し石上神宮《いそのかみのかむみや》に有り。

［現代語訳］

昔、丹波国の桑田村に人がいた。名を甕襲という。そしてその甕襲の家に犬がいた。名を足往という。この犬が山の獣で名は牟士那というのを食い殺した。すると獣の腹に八尺瓊の勾玉が

あった。そこでそれを献上した。この玉は、いま、石上神宮にある。(4)

　この「牟士那」というのが、タヌキを含む名称とされている。ムジナは狢という漢字で表される複数の動物を示す俗称で、タヌキやアナグマを指していたものと考えられている。柳田國男は「東日本は一帯に、もとはタヌキといふ語の無い地方だつたらしい。其為に形と習性とのやゝ似よつた二つ以上の野獣を、共にムジナと呼ぶ人が、関東などには多かつた」(5)と指摘する。だが、アナグマはイタチ科だし、毛の色もタヌキと比べて白い部分が多い。顔の大きさも異なる。タヌキと似ていないことはないだろうが、そっくりとはいえない（図4―2）。この二種が同じ動物だと考えられていたというよりは、ヒトによってムジナと呼称する生き物が異なっていたと考える方が自然ではないだろうか。あるヒトにとってはアナグマがムジナであり、あるヒトにとってはタヌキがムジナであり、またあるヒトにとっては別の何かがムジナだった。これを示す有名な事例がいわゆる、たぬき・むじな事件である。現在も、客観的事実と行為者の認識の間に食い違いが発生している状態を表す事実の錯誤の判例として取り上げられるこの事件は、被告人が猟銃で撃ったタヌキをタヌキと認識していたかというところが争点になった。

　一九二四年三月一日に施行された狩猟法で、タヌキは禁猟対象とされた。このタヌキを狩ったとして逮捕・起訴された栃木県上都賀郡大萩村の猟師・橋本伊之吉は、宇都宮区裁判所で有罪判決を受け、続く宇都宮地方裁判所でも有罪になった。橋本はこれを不服として大審院に上告する。彼の主張は、自分が狩った動物はタヌキではなくムジナであるというものだった。橋本伊之吉にとって

図4-2　アナグマ（上）とタヌキ（下）
（出典：前掲『日本大百科全書（ニッポニカ）』ジャパンナレッジ版［2024年11月25日アクセス］）

は、自分が狩ったのはあくまでもムジナという名前の動物であり、狩猟法がいうタヌキはほかの動物を指す言葉だというのである。

結論から述べると、大審院は橋本伊之吉を無罪にした。彼は一九二四年二月二十九日にタヌキを洞穴に追い込み、その三日後の三月三日に殺している。大審院の判断は以下のとおりだ。洞穴に追い込んだ二月二十九日に、すでにタヌキは橋本伊之吉の占有物になっているため狩りは完了している。この時点では、三月一日に施行された狩猟法の規制を受けないことになる。そして何より、タヌキとムジナという名称は、お互いにお互いを内包する言葉として一般に認識されているため、橋本伊之吉の主張は通用すると判じたのである。

> 学問上ノ見地ヨリスルトキハ狢ハ狸ト同一物ナリトスルモ斯《かく》ノ如《ごと》キハ動物学上ノ知識ヲ有スル者ニシテ甫《はじ》メテ之ヲ知ルコトヲ得ヘク却《かえっ》テ狸、狢ノ名称ハ古来併存シ（略）狩猟法中ニ於テ狸ナル名称中ニハ狢ヲモ包含スルコトヲ明《あきらか》ニシ国民ヲシテ適帰《てっき》スル所ヲ知ラシムルノ注意ヲ取ルヲ当然トスヘク単ニ狸ナル名称ヲ掲ケテ其ノ内ニ当然狢ヲ包含セシメ、我国古来ノ習俗上ノ観念ニ従ヒ狢ヲ以テ狸ト別物ナリト思惟《しい》シ之ヲ捕獲シタル者ニ対シ刑罰ノ制裁ヲ以テ臨ムカ如キハ、決シテ其ノ当《とう》ヲ得タルモノト謂フヲ得ス[6]
> （ふりがなは引用者）
>
> ［現代語訳：引用者］
>
> 学問上の立場からすれば狢は狸と同一の動物だが、このような判断は動物学の知識をもってはじめてできることである。逆に、狸・狢の名称は古来わが国で併存しており、（略）狩猟法のなかでは、狸という名称のなかに狢を包含することを、はっきりと国民に周知することに注力すべきで、ただ狸という名称を掲げ、そのなかに当然のように狢を包含した法律を振りかざし、わが国古来の習俗の観念に従って狢を狸と別物と考え捕獲した者に対して刑罰の制裁を与えるようなことは、決して道理を得ているとはいえない。

タヌキの曖昧さはこれだけにとどまらない。現在ではタヌキだけを意味する漢字の狸は、前掲の

『日本霊異記』ではネコと読まれている。臨死体験をした男・膳臣広国《かしわでのおみひろくに》は地獄で父親と再会する。父親は、地獄でのつらい飢えを満たすため、一年目はヘビ、二年目はイヌと姿を変え、ついに三年目にネコの姿になると、ようやく広国の家に入って飢えを満たすことができたと語るのだが、ここでネコに当てられている漢字は狸なのである。

我飢ゑて、七月七日に大蛇に成りて汝が家に到り、屋房《やど》に入らむとせし時に、杖を以て懸け棄《う》てき。又、五月五日に赤き狗《イヌ》ニ成りて汝が家に到りし時に、犬を喚《よ》び相《あは》せて、唯《ただ》に追ひ打ちしかば、飢ゑ熱《ほとほ》りて還《かへ》りき。我正月一日に狸《ネコ》に成りて汝が家に入りし時に、供養せし宍《しし》、種《くさぐさ》の物に飽きき。是《ここ》を以て三年《みとせ》の粮《カリテ》を継《つな》げり。

[現代語訳]

死んだ最初の年、わたしは飢えて、七月七日に大蛇となっておまえの家へ行き、家の中へ入ろうとした時、おまえは杖で引っかけてわたしを捨てた。また、翌年の五月五日に赤い小犬となってお前の家へ行った時は、ほかの犬を呼んでけしかけ、追っ払わせたので、食にありつけず、腹だたしく帰って来た。ただ、今年の正月一日に、猫になっておまえの家に入りこんだ時は、昨夜の魂祭りで供養のため供えてあった肉やいろいろのご馳走を腹いっぱい食べて来た。それでやっと三年来の空腹を初めていやすことができたのだ。[7]

十二世紀、平安時代末期に成立した漢和辞書『類聚名義抄』でも、狸はタヌキ・イタチ・ネコを包含する言葉として定義されている。また、『今昔物語集』（一一二〇年ごろ）は普賢菩薩に化けた動物が猟師に討ち取られる話を収録し、この動物は野生のイノシシとされているが、『今昔物語集』と同じような内容の話が八十余編も所収されて密接な関連が指摘されている『宇治拾遺物語』（一二二一年ごろ）にみられる同様の説話に登場する動物は狸とされている。このように上代から中世にかけての狸の使用例をみると、狸とは様々な化ける動物を包括的に示す言葉だったことがわかる。狸はネコであり、イノシシであり、イタチであり、アナグマであり、ムジナだった。そのため、民俗伝承にみられる狸のキャラクターは振れ幅が大きい。

日本五大昔話に数えられる「カチカチ山」はその最も有名な例であり、これは三つの話がつなぎ合わされたものという分析が定説である。おじいさんに何度もいたずらを仕掛ける冒頭はお調子者、おばあさんを殺して成り代わり、おじいさんにおばあさんの肉で作った汁物を食べさせる場面では非常に残忍でずる賢い性格に豹変し、ウサギに復讐されるクライマックスでは、何度も簡単にだまされる間抜けな性格へと変わっていく。柳田國男は、「この様な一貫せざる性格といふものは有り得べきでないが、昔話だけには妙に時々是が見られる[8]」と指摘する。口承文芸には、本来は独立した別々の物語だったものが話者によってつなぎ合わされるというプロセスを踏んだものがあり、継ぎ目がわかりやすい話もみられる。「カチカチ山」もそうした話の一つである。そして、「カチカチ山」でそれが許されたのは、ひとえに狸が時代や地域によって異なる複数の動物を指していたからにほかならない。

このように、化ける動物を包括的に示す言葉だった狸だが、ここにキツネは含まれない。前章で指摘したように、『日本書紀』巻二十六には白狐が登場しており、すでにキツネと呼称する動物は特定され、社会一般の認識も定まっていた。『太平記』（一三六八―七五年）には、皺だらけの尼が「これは何様古狸か古狐かの化けたるにてぞあらん」[9]と怪しまれる場面があり、化ける動物といえば狸かキツネだったということがわかる。中村禎里は、「昔話においてタヌキと互換可能な動物のおもなものは、一応順不同にネコ・サルおよびキツネである。（略）キツネ系にぞくする昔話の種類はたいへん多い。しかもキツネが主人公でないばあい、その代役をなしえるのは、ほとんどタヌキのみである。話の内容も、人と動物のだましあいという筋書きにかぎられる」[10]と指摘する。

以上から、狸とはキツネ以外の化かす動物を指す言葉だったといえる。時代が下るにつれ、イノシシやネコ、イタチはそれぞれ独立し、狸が指す動物の数は減っていく。そして、狸がタヌキと読まれるようになり、狸と狢は互いを内包しあう言葉になっていった。複数の動物を包括する概念だった狸の表す範囲が収斂されることで、タヌキがキツネと同格の化かす動物になったのである。

3　キツネとキャラ被り

日本で、狸がホンドタヌキ（Nyctereutes procyonoides viverrinus）を指す言葉になったきっかけは、博物学の到来に求められる。日本の主立った脊椎動物と甲殻類を本格的に記載・命名し、日本の動物相を明らかにしたのは、オランダ東インド会社の日本商館付医員だったドイツ人医師フィリップ・シーボルトである。江戸時代後期に来日して日本の研究をおこなったシーボルトは、一八二九年に国外追放され、オランダで『Fauna Japonica《ファウナヤポニカ》』（一八三三―五〇年）を刊行する。これは日本の動物学の発展に大きく寄与し、一八九四年十二月の「動物学雑誌」には、動物学の論文や書籍をまとめた記事の先頭で『Fauna Japonica』が紹介されている。(11)哺乳類の執筆を担当したのはオランダの動物学者コンラート・ヤコブ・テミンクだが、彼は日本で複数の名前をもつ動物を、いずれも同種と断定しタヌキの項目にまとめた。これによって、ムジナはあくまでもタヌキの俗称と定義されたのである。

Le petit groupe qui m'a paru différer des chiens proprement dits et qui est voisin des Procyons de l'Amérique, compte au Japon trois espèces distinctes désignées sous les noms de Hatsimon-si, Mami-tanuki et Tanuki; une quatrième est nommée Musina tanuki, celle-ci est le pelage d'été de notre viverrin.(12)

［日本語訳：引用者］

いわゆるイヌとは異なり、アメリカのアライグマ科の近縁種にみえる小グループの動物は、日本ではハチモンシ、マミタヌキ、タヌキという名前の三つの種にはっきり区別されている。四つ目の名前はムシナタヌキというが、これは翻訳するとアライグマの夏毛という意味になる。

こうしてキツネと同格である狸はタヌキ（Nyctereutes procyonoides）になり、この二者は妖力や民俗伝承で果たす役割という点で最も互換性がある存在になった。こうしてみると、なぜイーハトーブには、非常に互換性が高い動物であるにもかかわらず、キツネだけでなくタヌキも登場するのかという疑問が湧いてくる。タヌキが登場するテクストはたった四話。そのうちメインキャラクターとして登場しているものは「蜘蛛となめくぢと狸」、「寓話 洞熊学校を卒業した三人」（以下、「洞熊学校」）の二話である。「洞熊学校」は「蜘蛛となめくぢと狸」が推敲されたテクストであり、ほとんど同じキャラクターである。対して、キツネが登場する作品は倍の八話あり、うちメインキャラクターとして登場しているものは六話にのぼる。

両者が共演するテクストは「月夜のけだもの」が唯一だが、タヌキはキツネと同様に陰険でずる賢いと評され、二者は獣社会の嫌われ者としてヒエラルキー構造でも同格のようだ。


　その時林のへりの藪がカサカサ云ひました。獅子がむっと〔　〕口を閉ぢてまた云ひました。

「誰だ。そこに居るのは。こゝへ出て来い。」

　藪の中はしんとしてしまひました。

　獅子はしばらく鼻をひくひくさせて又云ひました。

「狸、狸。こら。かくれてもだめだぞ。出ろ。陰険なやつだ。」

　狸が藪からこそこそ這ひ出して黙って獅子の前に立ちました。

「こら狸。お前は立ち聴きをしてゐたな。」

　狸は目をこすって答へました。

「さうかな。」そこで獅子は怒ってしまひました。

「さうかなだって。づるめ、貴様はいつでもさうだ。はりつけにするぞ。はりつけにしてしまふぞ。」

　狸はやはり目をこすりながら
「さうかな。」と云ってゐます。狐はきょろきょろその顔を盗み見ました。獅子も少し呆れて云ひました。

「殺されてもいゝのか。呑気なやつだ。お前は今立ち聴きしてゐたらう。」

「いゝや、おらは寝てゐた。」

「寝てゐたって。最初から寝てゐたのか。」

「寝てゐた。そして俄に耳もとでガァッと云ふ声がするからびっくりして眼を醒ましたのだ。」

「あゝさうか。よく判った。お前は無罪だ。あとでご馳走に呼んでやらう。」

　狐が口を出しました。

「大王。こいつは偽つきです。立ち聴きをしてゐたのです。寝てゐたなんてうそです。ご馳走なんてとんでもありません。」

　狸がやっきとなって腹鼓を叩いて狐を責めました。

「何だい。人を中傷するのか。お前はいつでもさうだ。」すると狐もいよいよ本気です。

「中傷といふのはな。ありもしないことで人を悪く云ふことだ。お前が立ち聴きをしてゐたのだからそのとほり正直にいふのは中傷ではない。裁判といふもんだ。」

（傍点は引用者）

化ける傾向を比較することわざ「狸は入道、狐は女」に示されるタヌキの男性性は、イーハトーブでも踏襲されている。「蜘蛛となめくぢと狸」に登場するタヌキは南無阿弥陀仏をもじった「なまねこ」を名号とする坊主としてウサギやオオカミをだまし、「洞熊学校」では寺に棲んでいるとされる。だが、キツネの性別もほとんど男であるところから、これは大きな違いとはいいがたい。

ちなみに、タヌキと寺との縁の深さは様々な民俗伝承や逸話にみられる。例えば、有名な伝承・童話である「ぶんぶく茶釜」は、寺の和尚が買った茶釜がタヌキだったという話だし、そのもとになったとされる『甲子夜話』（一八四一年ごろ）の茂林寺縁起は、湯が尽きない茶釜をもつ守鶴という僧が寺を有名にしたが、その正体はタヌキだったという話である。[13] また、建長寺には、タヌキが三門の再興を手伝ったという逸話が残されている。

建長寺の谷奥に棲み、寺の残飯などをもらって生きていた古狸が、建長寺の三門（現在のもの）再興という大事業の話をきき、これまで世話になったお礼にと、建長寺のお坊さんに姿をかえ、浄財歓進に旅立った。（略）

翌日、坊さんが練馬の宿に泊って風呂に入っているとき、風呂場の前をとおりかかった女中が戸のすきまからみると、なんと坊さんの尻にシッポがあり、それを湯桶にいれて洗っている光景がみえた。（略）

あくる日、タヌキ和尚は駕籠にのって青梅街道をすすんでいたが、そのころ、世間には狸和尚のうわさがひろまっていた。駕籠かきたちは自分たちがかついでいるこの和尚は、もしかしたら狸ではないかとあやしみ、そっと一匹の犬をけしかける。犬はしばらく匂をかいでいたが、やにわに駕籠の戸をやぶって和尚の衣のすそをくわえ、引きずりだし、そしてかみ殺してしまった。(14)

このように、イーハトーブ童話の登場数や性格・性別などの特徴をみただけでは、タヌキとキツネに明らかな違いはない。ではなぜ、タヌキはイーハトーブ童話に登場するのだろうか。

4　無限に膨らむ腹

イーハトーブの獣社会では、タヌキの容姿——特に顔の黒い模様は醜いようで、「寓話 猫の事務所」で嫌われているかま猫は、「いつでもからだが煤できたなく、殊に鼻と耳にはまつくろにすみがついて、何だか狸のやうな猫」と描写されている。だが、タヌキの容姿の醜さはこうした先天的な部分にとどまらない。

イーハトーブに暮らすキツネたちは、ハイカラなチョッキやズボンを身に着け、身なりに気を配っている。それに対して、タヌキたちの身なりについてはほとんど描かれない。唯一描写される場面は、「蜘蛛となめくぢと狸」「洞熊学校」でウサギをだますタヌキが「きもののえりを掻き合せ」る場面である。掻き合わせるということは、それまで襟元は緩んで開いていたということだ。タヌキは法衣を着崩していたということになる。それればかりか、このタヌキは決して顔を洗わない主義であり、不潔な様子が強調されている。どうやらタヌキたちは身なりにだらしがないようだ。

さらに、彼らは大きく膨らむ腹をもつ。日本人の誰もが抱くタヌキのイメージに、タヌキの腹鼓（狸囃子）がある。このイメージは室町時代成立の狂言『狸腹鼓』までさかのぼることができる。大蔵虎明による能・狂言の解説書『わらんべ草』（一六六〇年）四十六段に「奈良禰宜、とつはと云者作りはじめし」[15]とあるように、この狂言は奈良県・春日大社の禰宜である、とっぱという名前の神職によって作られたとされている。粗筋は次のようである。タヌキ捕りの得意な猟師の前に、尼に化けたタヌキが現れて猟を止めようとするが、正体がばれてしまう。命乞いをするタヌキに対し、猟師は腹鼓を見せるなら見逃すと答え、タヌキは腹鼓を打つ。

民俗伝承にもタヌキが鳴らす音に関する話は多く、本所七不思議に「狸囃子」と呼ばれる怪談があることを、泉鏡花が随筆『春宵読本』（文泉堂、一九〇九年）で紹介している。また、柳田國男は「元来人を誑すに目を欺くと耳を欺くとの両種あるが、狸は主に耳の方である。狸は好んで音の真似をする。（略）東海道の鉄道沿線には狸が能く汽車の真似をする。先づ遠くに赤い灯光が見えると思ふと次第にガー〳〵と凄じい音響が加はるので何であらう、貨物列車も通る時間ぢやないと思うて間近くなるや、灯光は車輪の響と共にバツタリ跡方もなく消え失せる、是は狸の仕業だといふ話もある」[16]と、自身の親戚の家に奉公していた男の話を紹介している。中村禎里は、「音響の怪異の原因が、中世以後天狗とタヌキに特定された心理的理由について考えたい。まずタヌキにくらべると、キツネが音響の怪異にほとんど無縁であるという顕著な事実を、勘定に入れるべきである」(17)と、タヌキと音の関係を特異なものと分析している。

この特徴は童謡でも散見され、「山寺の和尚さん」「山の音楽家」「狸の赤ちゃん」などが挙げられるが、金の星社が出版していた児童雑誌「金の星」一九二五年一月号に発表された野口雨情作詩、中山晋平作曲「証城寺の狸囃子」が、最も有名で、誰の耳にもなじみ深いものだろう。

証、証、証城寺
証城寺の庭は
ツ、ツ、月夜だ
皆出て来い来い来い
己等《おいら》の友達ァ
　ぽんぽこぽんのぽん
負けるな、負けるな
　和尚さんに負けるな
来い、来い、来い来い来い来
皆出て、来い来い来い
証、証、証城寺

証城寺の萩は
ツ、ツ、月夜に花盛り
己等の友達ァ
ぽんぽこぽんのぽん(18)

（ふりがなは引用者）

この特徴はイーハトーブ童話にもみられ、「月夜のけだもの」のタヌキはキツネとの言い合いで腹鼓を打ち、「蜘蛛となめくぢと狸」のタヌキも、腹のなかから恨み言を言うウサギに対し「はやく消化しろ」と言って「ポンポコポンポンと」腹鼓を打つ。「セロ弾きのゴーシュ」に登場する子タヌキも、「小〔太〕鼓の係」として登場している。だが、イーハトーブのタヌキの腹は、ただの太鼓腹ではない。タヌキの腹は無限に大きく膨らませることができる。

「蜘蛛となめくぢと狸」「洞熊学校」は、強欲な三人が欲張りすぎた結果、巨大化し自滅する話である。クモは巣が巨大化しすぎて巣にたまった餌が腐り病気になってしまう。ナメクジは体が巨大化したことでカエルが地面に撒いた塩に気がつかず溶けて死ぬ。そしてタヌキは最も悪食で、なんとオオカミさえも腹に収めてしまう。言うまでもないが、実際のタヌキは雑食とはいえ、主に木の実や昆虫などを食べる傾向にあり、オオカミのような大型の肉食獣を食べる動物ではない。こうして膨れ上がったタヌキは、「からだの中に泥や水がたまって、無暗にふくれる病気」にかかり、「しまひには中に野原や山ができて狸のからだは地球儀のやうにまんまるに」なる。「洞熊学校」でも、オオカミとともに風呂敷ごと飲み込んだ籾が体内で育ち、「ゴム風船のやうにふくらんでそれからボローンと鳴って裂け」てしまう。

三人が破滅を迎える原因はその腹黒さにある。「洞熊学校」では、洞熊先生の「大きいものがいちばん立派だ」という教えを忠実に守り、学校を卒業する際の謝恩会の場でも「お互にみな腹のなかでは、へん、あいつらに何ができるもんか、これから誰がいちばん大きくえらくなるか見てゐろと、そのことばかり考へて」いる。つまり、この二つのテクストは、腹黒い三人が私腹を肥やしすぎて死ぬ、因果応報の物語なのだ。無限に膨らむ腹には、非常に利己的で欲深いタヌキの性格が反映されているのである。

5　待ち構えるから、目立たない

さて、ここまでタヌキの腹について考察してきたが、そもそもなぜ動物の腹は膨らむのだろうか。メスの場合は妊娠している可能性もあるが、たいていの場合、腹が膨らむのは太ったからである。太るという言葉は体に肉がついて肥えることを指すが、その原因は摂取カロリーが消費カロリーを上回るからだ。ではなぜ、イーハトーブのタヌキは、摂取カロリーが消費カロリーを上回るのか。答えは、タヌキが動かないからである。

「蜘蛛となめくぢと狸」「洞熊学校」のなかで、タヌキは限界といえるほどの空腹を抱えているにもかかわらず、松の木に寄りかかって目をつむり、ウサギに話しかけられるまでじっとしている。「月夜のけだもの」でも、藪のなかで狸寝入りをしてキツネとライオンの話を盗み聞きし、ライオンに二度声をかけられてようやく姿を現す。「セロ弾きのゴーシュ」でも、タヌキは息子を言いくるめてゴーシュの家に送り込み、自分は家の床下に入り込んで病気を治しているのだ。

イーハトーブでのキツネとタヌキの最も大きな違いはここにある。キツネは小さな火山弾を手に入れるために大がかりな罠を仕掛けたり、ニワトリを捕るためにヒトに飼育を啓蒙しようとしたりする。ウサギのもとに足しげく通って貝の火を曇らせようと画策したり、樺の木に夜ごと苦しい嘘をつきつづけたりもする。このようにキツネがあくせく動き回っている間にタヌキがしたことは、好機が訪れるまでじっと待つことだけなのだ。その狡猾さと、強烈なひもじさにも耐える胆力は、彼らがどれだけ楽をして得をするか突き詰めた結果であり、いわば戦略的な横着者なのだ。

獣社会の頂点であるライオンはキツネよりタヌキの言い分を信じるが、それは動かないタヌキが、動き回るキツネよりも目立たないからだ。タヌキはいつでもうまくやる。だから自滅しないかぎりは失敗しない。イーハトーブのタヌキは、その器用さのために目立たないが、たしかにキツネと双璧をなす、ずる賢い生き物なのである。

注

(1) 井上友治『狸と日本人』黎明書房、一九八〇年、一ページ

（2）いしかわ動物園編「アニマルあいズ」第十四―四号（二〇一三年）には次のように記載されている。「二〇一三年十月、ようやくシンガポールからオスのコビトカバを導入することができました。二〇一二年四月にオランダのオーフェルローン動物園から迎えたメスの「ノゾミ」のお婿さんです。「コビトカバをペアで海外から入れるぞ！」という三年越しの願いが、ついに達成しました。（略）十一月二十三日には、名前も公募により、もっとも投票が多かった「ヒカル」に決まりました。（略）今回、ヒカルをいしかわ動物園に提供していただく代わりに、こちらからはシンガポール動物園が希望されたホンドタヌキ六頭を提供しました」（二ページ）

（3）高槻成紀『タヌキ学入門――かちかち山から3・11まで　身近な野生動物の意外な素顔』誠文堂新光社、二〇一六年、三〇ページ

（4）『新編日本古典文学全集2　日本書紀1』小島憲之／直木孝次郎／西宮一民／蔵中進／毛利正守校注・訳、小学館、一九九四年、三三一ページ

（5）柳田國男『定本　柳田國男集』第二十二巻、筑摩書房、一九六二年、四七六ページ

（6）大審院大正十四年六月九日（LEX／DB 文献番号27539793）

（7）『新編日本古典文学全集10　日本霊異記』中田祝夫校注・訳、小学館、一九九五年、九八ページ

（8）柳田國男『定本　柳田國男集』第六巻、筑摩書房、一九六三年、二三五ページ

（9）『新編日本古典文学全集56　太平記3』長谷川端校注・訳、小学館、一九九七年、一〇三ページ

（10）中村禎里『狸とその世界』（朝日選書）、朝日新聞社、一九九〇年、一〇ページ

（11）「動物学雑誌」第七十四巻（東京動物学会、一八九四年）には次のように記載されている。「我邦に産する動物の事を記述せる論文、書籍は已に随分多くあり、其中には種々の難誌上に散在せるものどありて（略）今左に纏まりて一部の書物を成り居るものより始め年代にも、分類にも依らず唯見るに

随ひて其表題を記し、如何なる事を記載しあるかを述べ漸次諸雑誌中に散在する短かきものに及さんとす、／No. 1. Ph. Fr. de Siebold, Fauna Japonica ／此書はS氏が千八百二十三年より同三十年に到るまで七年間日本に在りて集めし動物を記載す」（四六二ページ）

（12）Philipp Franz Balthazar von Siebold, *Fauna Japonica, sive descriptio animalium, quas in itinere per japoniam, jussu et auspiciis superiorum, qui summum in India Batavia Imperium tenent suscepto, annis 1823-1830 collegit, notis observationibus et adumbrationibus illustrabit : Mamalia/Reptilia*, 1842, p. 40.（https://rmda.kulib.kyoto-u.ac.jp/item/rb00000003）［二〇二四年十一月二十五日アクセス］

（13）松浦静山『甲子夜話』第二巻、中村幸彦／中野三敏校訂（東洋文庫）、平凡社、一九七七年

（14）「建長寺」大本山建長寺、二〇一〇年

（15）全国大学国語国文学会研究史大成編纂委員会編『国語国文学研究史大成』第八巻、三省堂、一九六一年、五一四ページ

（16）前掲『定本 柳田國男集』第二十二巻、四七一ページ

（17）前掲『狸とその世界』一六一ページ

（18）『金の船・金の星 復刻版』第七巻第一号（一九二五年一月）、ほるぷ出版、二〇一一年、三ページ

第5章　ネズミ——小さな簒奪者

ネズミが登場するイーハトーブ童話
「蛙のゴム靴」「クンねずみ」「セロ弾きのゴーシュ」「「ツェ」ねずみ」「鳥箱先生とフゥねずみ」「めくらぶだうと虹」

1　注目されつづける動物

ネズミと聞いて何が思い浮かぶだろうか。たいていの人は、薄暗い下水道のようなところをちょろちょろ走る、耳が丸くて尻尾が長い、灰色の毛がふさふさとした小動物だろう。

実は、ネズミという名称は哺乳綱齧歯目のネズミ科とキヌゲネズミ科に属する哺乳類の総称で、その範囲は二百八十属千四百十一種と非常に幅広く、哺乳類では最大のグループである。毛色も灰色から茶色、まだら模様まで様々で、大きさも六センチ程度の小さな種類もいれば四十センチ近い種類もいる。南極以外の全世界に分布する、環境への適応能力に優れた生物なのである。

日本に生息するネズミの種類は実に多く、本川雅治の分類では表5―1のようになり、汎世界的に分布しているクマネズミ（Rattus rattus）やドブネズミ（Rattus norvegicus）、ハツカネズミ（Mus musculus）を含む十属二十二種である。(1) 彼らは大部分が植物食だが、昆虫類やミミズ類などの小動物も食べる。ちなみに、ネズミの好物といえばチーズというイメージだが、どうやらこれは勘違いらしい。篠原かをりは次のように述べ、ネズミの鋭い嗅覚にとってチーズの匂いはあまり好ましくないと分析する。

ネズミの好物として描かれるチーズの多くは、エメンタールチーズという穴空きチーズである。熟成・発酵の過程で炭酸ガスが発生するために内部に大きな穴が空くと考えられているが、中世のヨーロッパでは、ネズミがかじった穴だと思われていた。（略）結論としてネズミはチーズが好きではないと考えられている。単なる人間の勘違いだったのだ。（略）
実は嗅覚の鋭いネズミにとってチーズの匂いはあまり魅力的なものではなく、特に強い香りを持つブルーチーズが苦手らしい。嗅覚の鋭さは、嗅覚受容体遺伝子の数によって推定されて

表5-1　日本の代表的な島嶼でのネズミ類各種の分布

名称	学名
ハントウアカネズミ	*Apodemus peninsulae* (Thomas, 1906)
アカネズミ（日本固有種）	*Apodemus speciosus* (Temminck, 1844)
ヒメネズミ（日本固有種）	*Apodemus argenteus* (Temminck, 1844)
セスジネズミ	*Apodemus agrarius* (Pallas, 1771)
カヤネズミ	*Micromys minutus* (Pallas, 1771)
アマミトゲネズミ（日本固有種）	*Tokudaia osimensis* (Abe, 1933)
トクノシマトゲネズミ（日本固有種）	*Tokudaia tokunoshimensis* (Endo & Tsuchiya , 2006)
オキナワトゲネズミ（日本固有種）	*Tokudaia muenninki* (Johnson, 1946)
ケナガネズミ（日本固有種）	*Diplothrix legata* (Thomas, 1906)
ドブネズミ（移入種）	*Rattus norvegicus* (Berkenhout, 1769)
クマネズミ（移入種）	*Rattus tanezumi* (Temminck, 1844)
ヨーロッパクマネズミ（移入種）	*Rattus rattus* (Linnaeus, 1758)
ポリネシアネズミ（移入種）	*Rattus exulans* (Peale, 1848)
ハツカネズミ（移入種）	*Mus musculus* (Linnaeus, 1758)
オキナワハツカネズミ（移入種？）	*Mus caroli* (Bonhote, 1902)
タイリクヤチネズミ	*Myodes rufocanus* (Sundevall, 1846)
ムクゲネズミ	*Myodes rex* (Imaizumi, 1971)
ヒメヤチネズミ	*Myodes rutilus* (Pallas, 1779)
ヤチネズミ（日本固有種）	*Evotomys andersoni* (Thomas, 1905)
スミスネズミ（日本固有種）	*Evotomys smithii* (Thomas, 1905)
ハタネズミ（日本固有種）	*Microtus montebelli* (Milne-Edwards, 1872)
マスクラット（移入種）	*Ondatra zibethicus* (Linnaeus, 1766)

（出典：本川雅治編『日本のネズミ――多様性と進化』東京大学出版会、2016年）

いるが、現在報告されている中ではトップのアフリカゾウの約二千個に、ラットの約一千二百個が続く。人は約四百個とネズミの三分の一程度なので、我々が心地よいと感じる匂いもネズミからすれば相当強烈に感じる可能性があるのだ(2)。

野生のネズミが好む食べ物は草の葉・茎・根、穀物や果実などで、ヒトは農耕生活を始めたころからネズミに対して常に注意を払ってきた。静岡市にある農業村落址・登呂遺跡は弥生時代後期のものだが、その高床式倉庫にはネズミ返しと呼ばれる仕掛けが施されている。ネズミは米などの農作物や家の壁に被害を与える害獣なのである。

その一方で、ミッキーマウスやピカチュウなどのキャラクターのように、その愛らしさに注目が集まることも多く、ハムスターもペットとして人気が高い。このように、様々な側面でヒトから常に注目されつづけているネズミは、イーハトーブ世界でどのような動物として描かれているのだろうか。

2 〈小〉ざかしい弱者

ネズミが登場するテクストは「蛙のゴム靴」「クンねずみ」「セロ弾きのゴーシュ」「「ツェ」ねずみ」「鳥箱先生とフゥねずみ」「めくらぶだうと虹」の六話だが、ここに登場するネズミの特徴は、何といっても小さいということである。イーハトーブの獣社会でのヒエラルキー構造が体の大きさに依拠していることはすでに第2章のクマの項で述べたが、これらのテクストでネズミの小ささはことさら強調されている。「セロ弾きのゴーシュ」に登場する野ネズミの子どもは「まるでけしごむのくらゐしかない」と描写されている。「「ツェ」ねずみ」「クンねずみ」では、ネズミが営巣する家は一つの大きな都市に見立てられ、床下や台所、天井裏がそれぞれ街として描写されている。

天井うら街一番地、ツェ氏は昨夜行衛《ママ》不明となりたり。（略）台所街四番地ネ氏の談によれば昨夜もツェ氏は　はりがねせい、ねずみとり氏を訪問したるが如しと。尚床下通二十九番地ポ氏は、昨夜深更より今朝にかけて、

さらに、彼らの立場の弱さを強調するように、ネズミが交際する者たちには無機物が多い。ツェは同じネズミたちからも嫌われているために「仕方なしに」道具仲間と交流するようになり、ネズミ捕り器と出合う。フウも物置に追いやられた鳥箱先生と交流する。しかもネズミ捕り器と鳥箱は本来の役割を果たしていない役立たずで、ヒトからガラクタのように扱われているのだ。

生物学でも、ネズミはイヌ科、ネコ科、イタチ科といった哺乳類や、フクロウなどの肉食鳥やヘビの最も重要な食物源とされている。ヒトにとってネズミは食物ではないが、その駆除には非常に熱心だ。ネズミを取り囲む環境は過酷で、彼らが食物連鎖の最底辺を占める動物——つまり弱者であることは、揺るがない事実といえるだろう。

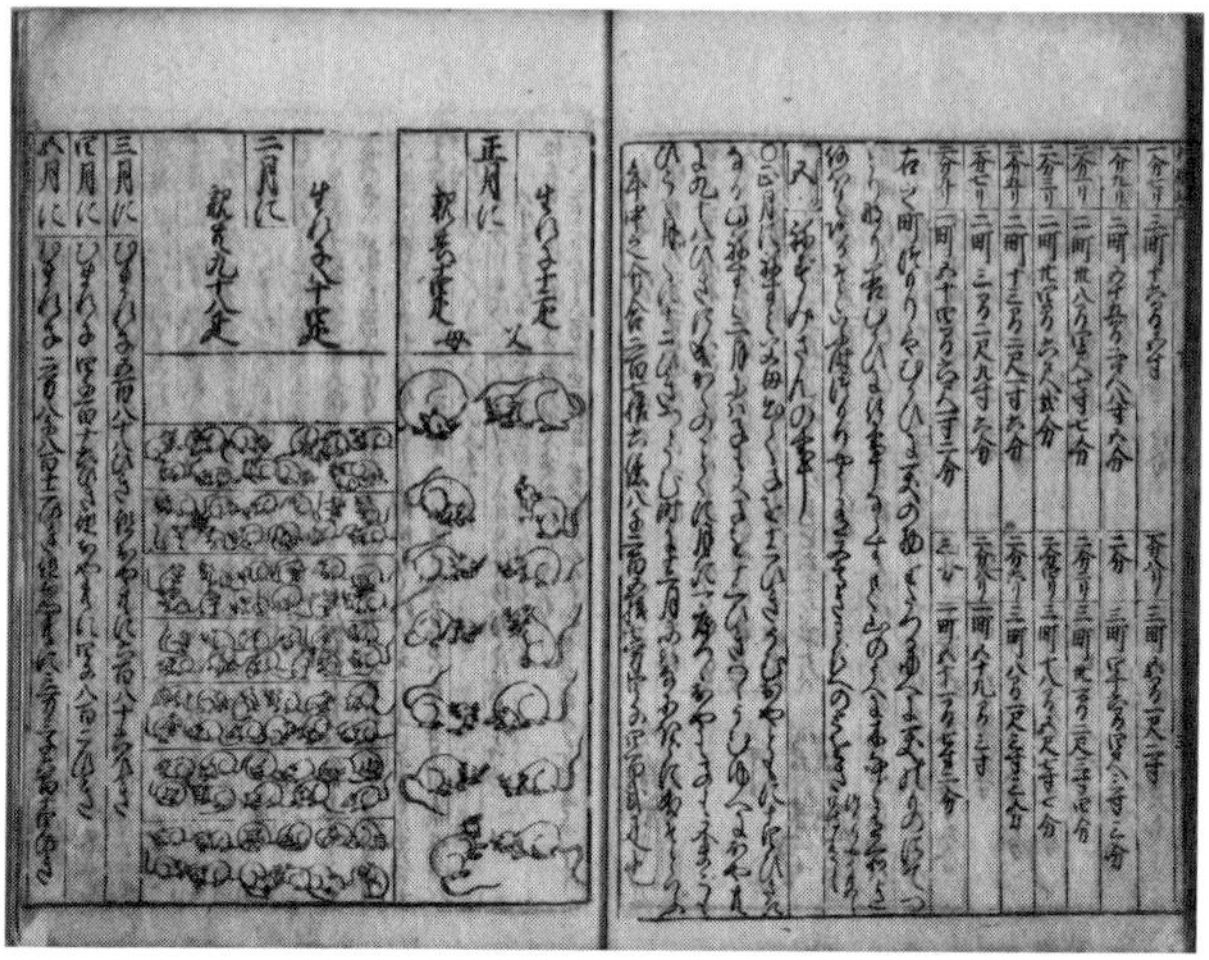

図5-1　吉田光由編『新編塵劫記』第3巻（刊行年・発行元不詳）
（出典：国立国会図書館デジタルコレクション）

そんな弱いネズミは、地球上で生き残り繁栄しつづけるため、とにかく短期間で増え続けるという戦略を取った。そんなネズミの生態を反映した言葉に、ネズミ算がある。現在では、急激にものが増えていくことを例える慣用句になっているが、これは江戸時代の数学者・吉田光由による和算書『塵劫記《じんこうき》』（一六二七年）に掲載された次の問題が起源である（図5―1）。

正月に、ねずみちゝはゝいでて、子を十二ひきうむ。おやともに十四ひきになる。此ねずみに二月には、子も又十二疋づゝうむゆへに、おやとも九十八ひきに成。かくのごとくに、月に一度づつ、おやも子も、又まごもひこも、月〳〵に十二ひきづゝうむ時に、十二月にはなに程に成ぞ。(3)

この計算の答えは、二百七十六億八千二百五十七万四千四百二匹になるが、さすがにネズミといえどもここまでの繁殖力はない。それでも実際にネズミは早熟多産で、例えばドブネズミは年に数回出産し、しかも一度に多くて十八子も産む。食われる数も多いが、それ以上に増えるので繁栄しているのだ。

ひるがえって、イーハトーブのネズミたちの生存戦略はどうかというと、彼らは弱者という一見すると不利な条件を巧みに活用して生き残ろうとしている。最もわかりやすいネズミは「ツェねずみ」のツェで、彼は弱者であることをひけらかし、「まどってお呉れ」と言い募って被害者ぶることで利益を得ようとしている。「セロ弾きのゴーシュ」でも、野ネズミの母親はゴーシュにセロを弾かせるために窮状を訴え、彼の同情を引こうとした。

すると野鼠のお母さんは泣きだしてしまひました。

「あゝこの児はどうせ病気になるならもっと早くなればよかった。さっきまであれ位ごうごうと鳴らしておいでになったのに、病気になるといっしょにぴたっと音がとまってもうあとはいくらおねがひして〔　〕も鳴らしてくださらないなんて。何てふしあはせな子どもだらう。」

これは「鳥箱先生とフゥねずみ」「クンねずみ」でも同様である。フウやクンは一見するとコミュニティのなかで強者になることを希求しているように思えるが、その実、いつも自分よりも弱い者を比較対象にしたり、強い者を否定する態度を取ったりしている。フウは鳥箱先生から叱られるたびに、「僕の友だちは、誰だってちょろちょろ歩かない者はありません。僕はその中で、一番威張って歩いてゐるんです」と言って、シラミやダニ、クモよりも自分は立派だと主張する。クンは誰かが賢そうな言葉を使うと大きな咳払いを繰り返すことで話を遮る。これは、彼らが努力せずに、コミュニティのなかで強者になろうとしていることを示している。彼らは本心では、周囲と比較して自分が弱者であることを自覚している。そのため、一番になれない劣等感からこうした行動を起こすのだ。

このように、イーハトーブのネズミたちは何の努力もせず、ありのままの自分を特別扱いしてほしいという願望にとらわれ、自己ではなく他者を変えることに腐心している。ポジショントークに長けているともいえるだろう。だが、こうした戦略は初回こそインパクトが大きいものの、何度も繰り返せばそのうち底が知れる。イソップ寓話のいわゆるオオカミ少年[4]の話のように、周囲に辟易されてしまえば何らの効力ももたなくなってしまうのだ。

またこの戦略には、それを実行する者が相手の力量を測ることができなくなるという弊害がある。ツェは、天敵であるはずのイタチ（ネズミを見ると、空腹でなくとも追いかけて殺さずにはいられない習性がある動物）を、「あのおとなしいいたちめ」（傍点は引用者）とばかにし、あげくの果てには、ネズミを殺すために作られた道具であるネズミ捕り器さえもあなどった。最後は捕獲されて下男の手に渡るという結末を迎える。

クンは、咳払いによって相手の主張を封じ続けた結果、「なんだ。畜生。テなどが鼠会議員だなんて。えい、面白くない。おれでもすればいゝんだ」と、自分が最も賢いと信じ込んだ。結局、彼は猫大将の子ネコたちに嫉妬心を向けたことで、あっけなく食べられてしまう。ツェもクンも繰り返し弱者であることをアピールし、そのたびに他者から賠償を受けるという体験を積み重ねた結果、弱い自分を強いと錯覚してしまったのだ。

ちなみに、「クンねずみ」に登場するほかのネズミたちも決して賢くはない。クンが嫉妬した鼠会議員のテは次のように演説するが、難しい熟語を並べたてているだけで中身はない。

「そこで、その、世界文明のシンポ《進歩》ハッタツ《発達》カイリャウ《改良》カイゼン《改善》がテイタイ《停滞》すると、政治は勿論ケイザイ《経済》、ノフゲフ《農業》、ジツゲフ《実業》、コフゲフ《工業》、ケフイク《教育》ビジュツ《美術》それからチャウコク《彫刻》、クヮイガ《絵画》、それからブンガク《文学》、シバヰ《芝居》、えゝエンゲキ《演劇》、ゲイジュツ《芸術》、ゴラク《娯楽》、そのほかタイイク《体育》などが、ハッハッハ、大へんそのどうもわるくなるね。」テねずみは六ヶ敷《むつかし》い言をあまり沢山云ったのでもう愉快でたまらないやうでした。　（ふりがなは引用者）

あげくの果てに、「ブンレツ者」として縛り上げたクンを「みんなの前にて暗殺すべし」と、これまたちぐはぐなことを言う。「鳥箱先生とフゥねずみ」でも、フウの母親は失敗しても学習することができないため、金槌をかじっては前歯を欠き、ヒトの耳をかじっては殺されそうになってしまう。彼女は鳥箱先生に説教されて「肝臓までしみとほります」と言ったものの、死ぬまで何かをかじるだろうということは想像にかたくない。ネズミは口がうまいので一見賢そうに思えるが、それは張りぼてなのだ。

このようにイーハトーブ童話ではネズミの愚かさが強調されているが、このような描き方はネズミの表象としては異質である。ネズミという動物をキャラクターに起用する場合、その多くは彼らのずる賢さを描くことを主眼に置いていることが多い。ネズミといえば、知恵が回ってずる賢く、夜陰に紛れてこそこそと悪事をはたらくイメージがある。そもそもネズミという名称の語源として、寝盗《ねぬす》み説があるほどで、谷川士清は「人の寝て後によく出てゝ物を盗み食ふもの[5]」と解説している。コソ泥を意味する鼠賊《そぞく》という言葉もあるし、十二支の物語でネズミが一番になった方法も、彼らのずる賢さを表している。義賊の象徴とされている鼠小僧もこうしたイメージを内包している。ネズミは目が大きく夜行性で、ヒトの目を盗んでは家に入り込み食料を盗むことから、目敏い動物だと考えられたのだろう。異名として広く知られる「嫁が君」も、長谷川恩は「おそらくは「夜目」に由来するものであろう[6]」と分析している。実際のネズミはそこまで視力が優れておらず、夜間の活動では触覚に頼っているのだが、明治時代に出版された生物学の教科書『理科摘要』でも「其眼《そのめ》ノ瞳子《どうし》ハ円大《えんだい》ニシテ暗夜《あんや》ト雖《いえども》ヨク物《もの》ヲ見《み》ルヲ得《える》[7]」（ふりがなは引用者）と記されるなどし、このイメージはなかなか根強かったようだ。

イーハトーブのネズミたちは、「ねずみ仲間の競争のことは何でもわかる」という「ねずみ競争新聞」が発行されるほどに、他者より優れたいという欲求――承認欲求を抱いている。そのため、彼らは常に他者と自己とを比較して、あらゆる事柄について自分が相手よりも上か下か、逐一ジャッジしている。だが、そもそもの生存戦略が弱者というポジションの活用である以上、これらの欲求が真に満たされることはない。矛盾した性質を抱えるネズミたちは、自己を冷静に客観視することができない。そのため、捕食者>被食者という単純な力の構造によって簡単にねじ伏せられてしまうのだ。

3　家ネズミと野ネズミ

「蛙のゴム靴」で、野ネズミはカエルからゴム靴の調達を依頼される。この野ネズミの行動によって、イーハトーブのネズミたちは、ネズミと野ネズミの二種類に分類されていることがわかる。

　まづ野鼠は、たゞの鼠にゴム靴をたのむ、たゞの鼠は猫にたのむ、猫は犬にたのむ、犬は馬にたのむ、馬は自分の金沓を貰ふとき、何とかかんとかごまかして、ゴム靴をもう一足受け取る、それから、馬がそれを犬に渡す、犬が猫に渡す、猫がたゞの鼠に渡す、たゞの鼠が野鼠に渡す

彼らは生息地で区別される。ただのネズミはヒトの家に棲み着いている。「「ツェ」ねずみ」の主人公ツェは「ある古い家の、まっくらな天井うら」に、「鳥箱先生とフゥねずみ」のフウ親子は物置の棚に巣を作っている。「クンねずみ」のクンも、ツェと同じようにヒトの家に棲んでいる。そこは、「すぐ前に下水川があって、(略)下水川の向ふには、通りの野原がはるかにひろがってゐて、つちけむりの霞がたなびいたり、黄いろな霧がかかったり、その又向ふには、酒屋の土蔵がそら高

くそびえて居りました」と、雄大な自然に例えられた都会の景色を見渡せる場所である。一方、野ネズミは野とつくだけあって、植物に囲まれた場所に営巣している。とはいっても、彼らの巣もヒト社会にほど近い場所にある。「めくらぶだうと虹」「蛙のゴム靴」の野ネズミは畑に棲み、「セロ弾きのゴーシュ」に登場する野ネズミの親子も、町はずれにある壊れた水車小屋であるゴーシュの家のそばに棲んでいる。ただ、野ネズミにとって人家に立ち入ることは非常にハードルが高いことらしい。「蛙のゴム靴」の野ネズミはゴム靴を手に入れるために直接人家を訪れないし、「セロ弾きのゴーシュ」の母ネズミは「もうおパンといふものは小麦の粉をこねたりむしたりしてこしらえたものでふくふく膨らんでゐておいしいものなさうでございますが、さうでなくても私どもはおうちの戸棚へなど参ったこともございませんし」と言う。

生物学では、家を中心とする人工物に入り込んで生活するネズミは家ネズミ、野で生活するネズミは野ネズミと一般に呼称される。この家ネズミに含まれるネズミはドブネズミ、クマネズミ、ハツカネズミの三種類であり、狭義ではドブネズミだけを指す。野ネズミはハタネズミ・カヤネズミなどを指す。ちなみに、いわゆる家○○と呼ばれる動物——例えば家ネコや家イヌ——は、主に家畜化されたという意味をもつ。だが、家ネズミに関してはこの限りではなく、ヒト社会に入り込むことを選んだ、という意味で使われている。

そんな家ネズミの渡来時期は様々で、ドブネズミの日本列島への侵入については、テミンクが前掲の『Fauna Japonica』で次のように述べ、乙巳の変（六四五年）の翌年と推定している。

Les Japonais, selon Mr. de Siebold, distinguent deux variétés sous la denomination de Nézumi; l'ane Kuma nézumi ou le Rat- ours; l'autre, Ts'ja iro nezumi ou Rat couleur de thé. Le premier, d'après ce qu'en disent les écrits japonais, est d'origine japonaise; le second serait venu de la Corée; c'est indubitablement notre Mus decumanus. On prétend qu'en l'an 646, au douzième mois, correspondant à celui de janvier, l'on vit pendant plusieurs jours de suite passer dans les provinces de Ictsizen et de Ictsitsics des bandes de ce rat nomade, lesquelles suivaient la direction du sud; depuis ce temps cet hôte importun s'est répandu partout; if vit et se propage, comme en Europe, dans tous les en- droits habités.[8]

［日本語訳：引用者］
シーボルト氏によれば、日本ではネズミという呼び名で二つの種類を区別している。一つはクマネズミ、もう一つはツヤイロネズミ——茶ネズミである。日本の文献によれば、前者は日本原産で、後者は朝鮮半島から来たとされていて、これはまちがいなくドブネズミである。六四六年十二月に、この遊牧ネズミの一団がIctsizen〔越前？〕国とIctsitsics〔越中？〕国を数日間かけて通過し、南へ向かったといわれている。それ以来、この歓迎されない客人はいたるところに広がり、ヨーロッパと同じように、すべての居住地域に棲み着き、広がっている。

テミンクの記述にあるクマネズミも実は日本原産種ではなく、その渡来時期については宇田川竜男が次のように述べている。

日本の家ネズミは、歴史時代に入ってからこの日本列島に移住してきたものとされている。それも、現在勢威をふるっているドブネズミがやってきたのはかなりあとのことで、クマネズミの方がさきに、二世紀ごろ到着している。インドやビルマなどアジア南部に原産するこの種類は、朝鮮半島とわが国との間を往来する船に乗ってやってきたものらしい(9)。

また、ハツカネズミの移入時期については、鈴木仁がハツカネズミのミトコンドリアＤＮＡ(mtDNA)中の塩基配列の比較を通じて突然変異が起こった時期を推定する研究によって分析している。これによると、ハツカネズミの日本への移入は、アジア南東域を中心に分布するグループの、二度目の一斉放散（一度個体数が減ったあと急激に増える現象）の時期にあたるという。mtDNAにおいては南中国から日本列島にハツカネズミの移入があり、さらに南サハリンまで移入が起きたことが明瞭に示された。この「第二次一斉放散」が生じた時期はCytb配列の比較にもとづく変異量の割合から、三千八百―千九百年前と思われる(10)。

このように、日本に根づいた時期は様々だが、日本には古くから三種の家ネズミを含め、前掲した表5―1のように多様なネズミが生息している。ヒトの家に棲むネズミと自然のなかで暮らすネズミに分かれていることは、ヒトにも認識されていただろう。

だが、古典文学のなかで家ネズミ、野ネズミという分類方法が、一般に認知されていたという形跡はあまりみられない。『新編日本古典文学全集』を調べたところ、家鼠という記述が本文中に登場するテクストはなく、野鼠は曲亭馬琴『近世説美少年録』（一八二八―三二年ごろ）だけでみられた。(11)

夜《よ》は最《いと》いたう深《ふけ》たる比《ころ》、前路遥《ゆくてはるか》に灯火《ともしび》の、光隠々《かげちら〱》と見えて幽《かすか》なり。「原来那首《さてはあしこ》に人は住むらめ。呼覚《よびさま》し宿りを投《もと》めて、一椀《いちわん》の飯《いひ》をも乞《こ》ふべく、地方《ところ》の名をも問《とは》ばや」と思へば疲《つか》労れし足も進みて、辿《たど》り著《つき》つゝこれを見るに、人の家《いへ》にはあらずして、茂林《もり》の中《うち》にいと旧《ふ》りたる、社《やしろ》に点《とも》せし常夜灯《じやうやとう》の、樹《こ》の間《ま》を漏りて見えたるなり。（略）恭《うや〱》しく合掌《がつしやう》して、「南膜総持能与《なむさうぢのうよ》弁才天、わが窮阨《きうやく》を救《すくは》せ給へ」と数回《あまたゝび》祈念《きねん》して、又彼此《あちこち》と見かへるに、神戸帳《みとちやう》のほとりに献供《そなへ》たる、一土器《ひとかはらけ》の夏桃《なつもゝ》と、野鼠《のねずみ》の啖残《はみのこ》したる、一ト枚《ひら》の餅《もちひ》ありけり。

［現代語訳］

夜がたいそう更《ふ》けたころ、はるか前方の灯火の光がちらちらとかすかに見えた。「さては、あそこには人が住んでいるのだろう。呼び起こして宿泊を願い、少しでも食事を頼んで、ここの地名も尋ねたい」と思うと疲れた足もはかどり、たどり着いてこれを見ると、人の住む家ではなくて、森の中のひどく古びた神社にともしていた常夜灯の光が木の間を漏れて見えていたのであった。（略）うやうやしく合掌して、「南膜総持能与《なむそうじのうよ》弁才天、我が困窮をお救い下さい」と何度も祈念してから、再びあちこち見やると、御戸帳《みとちょう》のそばに供えてある土器《かわらけ》一皿の夏桃《なつもも》と、野鼠《のねずみ》が食い残した一枚の餅《もち》があった[12]。

また、平凡社の東洋文庫のなかで、近世までに日本人が著し、日本国内で成立したとされる文献を調査したところでは、こちらも家鼠という記述が本文中でみられるテクストはなく、野鼠の記述は松浦静山『甲子夜話』などに見受けられたが、いずれも江戸時代の書物だった[13]（表5―2）。

一方で、明治時代になると様々な書物に野鼠という言葉が登場する。例えば、与謝野鉄幹による短歌「野鼠のものにおそるる恋ならば田にかくれても低く泣かまし[14]」や、島崎藤村の「麦畑」では「耳を澄ますと、谷底の方へ落ちて行く細い水の響も伝はつて来る。その響の中に、私は流れる砂を想像して見た。しばらく私はその音を聞いて居た。しかし、私は野鼠のやうに、独りで左様長く草の中には居られない[15]」と、田畑や草むらに潜むネズミが野ネズミと描写されている。

では、どこではっきりと、野ネズミが家ネズミとは別種であることが一般的に認知されたのか。それはやはり、日本初の百科事典『和漢三才図会』（一七一二年ごろ）が寺島良安の手で編まれてからということになる。江戸時代以前から、庶民の生活のなかでは、家ネズミと野ネズミは区別されていたようだが、人見必大『本朝食鑑』には「田鼠・竹鼠。すなわち鼢《ふん》（もぐらもち）・䶉《りゅう》（はたけねずみ）のことであろうか。俚俗《みんかん》では野鼠と総称する。田家では、「野鼠が鴽鶉《ふなしうずら》に化する」という[16]」（ふりがなは引用者）とあり、モグラと野ネズミが同一視されていた。少し時代が下り、『和漢三才図会』になると次のように変化し、家ネズミ、野ネズミ、そしてモグラが別種の動物として分類されている。

表5-2　東洋文庫に登場する「野鼠」「田鼠」

書名	成立	該当箇所（太字は著者による）	引用文献（すべて平凡社刊／「東洋文庫」）
『本朝食鑑』	江戸時代初期	その地では、百姓が饑饉のとき**野鼠**や鼇燕を掘り出して食べる場合もある	人見必大著、島田勇雄訳注『本朝食鑑3』（1978年）
		田鼠・竹鼠。（略）俚俗では**野鼠**と総称する。	人見必大著、島田勇雄訳注『本朝食鑑5』（1981年）
『和漢三才図会』	江戸時代中期	**野鼠**　形状は家鼠と同じであるが別種のものである。田野にあって寂や穀物をぬすみ食べる。	寺島良安著、島田勇雄／竹島淳夫／樋口元巳訳注『和漢三才図会6』（1987年）
『稿本 自然真営道』	江戸時代中期	**野鼠**を食い、又草木の実を食う。吾れ、火気厚くして眠られず。	安藤昌益著、安永寿延校注『稿本 自然真営道　大序・法世物語・良演哲論』（1981年）
		野に住み、**野鼠**の類を食い、田螺を食い、野の土穴を掘り	
『本草綱目啓蒙』	江戸時代後期	天啓時、**田鼠**斜結如桴	小野蘭山『本草綱目啓蒙4』（1992年）
『甲子夜話』	江戸時代後期	美濃国大垣領之内、去戌八月頃より家鼠多、百姓共貯置候雑穀等喰申候。勿論当春より**田鼠**彩敷相渡、諸作喰荒申候。	松浦静山著、中村幸彦／中野三敏校訂『甲子夜話2』（1977年）
		寛政三年六月、濃州戸田采女正の領地にて**野鼠**の災ありしことを、	
『甲子夜話続篇』	江戸時代後期	一年高麗にて**田鼠**夥しく生じたるに、是を制せんとて彼楽を奏しければ、	松浦静山著、中村幸彦／中野三敏校訂『甲子夜話続篇1』（1979年）
『甲子夜話三篇』	江戸時代後期	**野鼠**数千生じ、稼を禍するゆゑ、	松浦静山著、中村幸彦／中野三敏校訂『甲子夜話三篇5』（1983年）
		天啓時、**田鼠**斜結如桴、（略）さすれば仙台には**野鼠**、津軽には海鼠、同国にも水陸の別有ける。	
『南島雑話』	江戸時代末期	鼠（ネズミ。**田鼠**、海鼠、**野鼠**有。	名越左源太著、國分直一／恵良宏校注『南島雑話2 幕末奄美民俗誌』（1984年）

野鼠〔一名は田鼠〕
形状は家鼠と同じであるが別種のものである。田野にあって菽《まめ》や穀物をぬすみ食べる。（略）〔月令（『礼記』）に田鼠化して鴽（家鳩もしくはふなしうづら）となる、とある田鼠はこれではなく鼴《うごろもち》のことである〕(17)。

ちなみに、この百科事典には、出典情報として李時珍『本草綱目』が数多く引用されている。『本草綱目』では、ネズミ類として十二種類の動物が紹介されているものの、そのなかに「野鼠」はなく、また、田鼠は「〔時珍曰〕田鼠偃行地中能士成坌故得諸名」(18)（時珍いわく、田鼠は地中を這って進み土をよく掘り返すのでこの名前なのである〔日本語訳は引用者〕）と、モグラとして紹介されている。『和漢三才図会』は発行から二百年、明治時代まで広く利用されてきた事典であるから、これによって家ネズミと野ネズミという分類が一般化したと考えられる。

こうして家ネズミと野ネズミは別種として認知された。さらに、文明開化を機に都市機能が一気に発展し、都会と田舎の生活様式が全く異なるものになっていくにしたがい、野という名前に引っ張られるようにして、野ネズミという言葉に、野暮ったい、垢抜けない、のんびりした性質というイメージが与えられるようになる。特に面白いテクストは尾崎紅葉『三人妻』（一八九三年）である。美しい芸者・才蔵が恋人である菊住の浮気現場を目撃する場面で、菊住が登場する様子を表す擬態語「のそのそ」に「野鼠」の文字が当てられている。

彼《あれ》かと才蔵《さいざう》の囁《さゝや》けば、金太郎《きんたらう》は眼《め》で応《こた》へて、前《まへ》を庭《には》なる障子《しやうじ》を細目《ほそめ》に開《あ》くれば、此処《こゝ》と続《つゞ》きの廊下折廻《らうかをりまは》したる行当《ゆきあた》りの軒《のき》に、数竿《すかん》の竹《たけ》の蔭《かげ》になりて、ほの闇《ぐら》き鉄灯籠《かなどうろう》の懸《か》かれるは手水場《てうづば》なり。

出《で》て来《きた》らばと眼《め》を放《はな》たで待《ま》ちければ、繋糸織《つぎいとおり》の羽織着《はおりき》たる男《をとこ》、此方《こなた》に気《き》を置《お》きつゝ野鼠々々《のそ〱》と現《あら》はれて行《ゆ》くを透《すか》しみれば、帯《おび》から小袖《こそで》まで我贈《わがおく》りし類《しな》とは異《かは》れる風俗《ふうぞく》。これ皆小〆《みなこしめ》が仕着《しきせ》を悦《よろこ》びて、我《われ》を見《み》よがしに着飾《きかざ》れる菊住《きくずみ》なり。(19)

（傍線は引用者）

また、巌谷小波によって再話され、以後、子ども向け昔話の定型になった『日本昔噺』に収録されている「猫の草紙」(20)でも、都に棲むネズミがネコの脅威から逃れて田舎に移り棲むことが、野ネズミになると表現されている。これはイソップ寓話の「田舎のネズミと町のネズミ」を彷彿とさせる設定で、巌谷小波によって創作されたものである。

襖《ふすま》の陰《かげ》に居《お》りました鼠共《ねずみども》は、天竺《てんぢく》の虎《とら》の子孫《しそん》だといふ、猫《ねこ》の話《はなし》を聞《き》きまして、『さてはそんな恐《おそ》ろしいものか。』と、尻尾《しっぽ》を巻《ま》いて驚《おどろ》きまして、目付《めつか》つたら大変《たいへん》だと、後《あと》も見《み》ずに逃《に》げ出《だ》しましたが。もうかう成《な》つて来《き》た日《ひ》には、所詮町《しょせんまち》には住《す》んで居《ゐ》られないから、田舎《ゐなか》へ行《い》つて野《の》鼠《ねずみ》になり、稲《いね》でも喰《く》つて命《いのち》を繋《つな》ぐより、外《ほか》に好《い》い知恵《ちゑ》も出《で》ないといふので、それから一同支度《みんなしたく》

をしまして、天井裏《てんじゃううら》や下水《げすゐ》の底《そこ》の、住《す》み馴《な》れた古棲《ふるす》を出《で》て、田舎《ゐなか》の方《ほう》へゆかうとしますと、(21)

この描写からは、家ネズミは命の危険と隣り合わせの状況で生活していてせわしなく、その反対に、野ネズミは自然のなかでのんびりと穏やかに生活し、動きものそのそと緩やか、とその違いが見て取れる。

イーハトーブでもこの設定は継承しながら、家ネズミと野ネズミの違いがより極端に描かれている。野ネズミは他者との良好な関わりのなかで暮らし、性格は温厚で平和主義である。彼らは「セロ弾きのゴーシュ」や「蛙のゴム靴」にみられるように義理堅く、多少小ざかしい部分はあっても、おおむね礼儀正しい。そのため、彼らは病気になったときに手を差し伸べてくれる隣人に囲まれている。これに対し、家ネズミの性格は卑屈で陰険、承認欲求と自己顕示欲の塊で誰からも嫌われ、敵に囲まれた過酷な環境で生活している。肥大化した自尊心は彼らを破滅へと導き、その結果、家ネズミはどのテクストでも命を落としてしまう。なぜ、イーハトーブの家ネズミと野ネズミは、ここまではっきりと善悪が分かれるのだろうか。

4 病原菌の媒介者

現代で家ネズミが悪者として嫌われるのは、彼らがヒト社会に寄生し害を及ぼすからである。家ネズミは名前のとおり、人家に侵入・営巣する。その入り口を作るために家の壁に穴を開けたり、食料を食い荒らしたり、伸び続ける歯を削るために柱や電線をかじったり、フンをまき散らしてほかの虫を誘引するなど、家ネズミによる被害は相当なものである。さらに、家にのさばるネズミは多くの病原菌を振りまく衛生害獣で、ヒトは彼らを殲滅しようと躍起になって試行錯誤している。だが、こうした価値観が固まったのは明治時代以降で、ネズミに対する悪者というイメージは、あくまでも一つの側面にすぎない。

また、悪者というイメージは家ネズミに限らず、野ネズミも全く善良ではない。人家に立ち入らない＝無害と単純に考えてはならない。彼らは畑などに営巣し、造林木や農産物を食害する。冬の間に牧草地の根をかじり、壊滅的な被害を与えることもある。農業を生業とするヒトが大半を占めた時代には、むしろこちらの被害のほうが目立っていただろう。ここではまず、ネズミに対してヒトが抱く様々なイメージを確認していこう。

ネズミの被害に対していまは数多くの対抗手段があるが、昔は悪霊の仕業ということで神に祈るしか方法がなかった。こうした事情から、ネズミ用の食物をわざわざ用意して、ネズミが出る場所に供えることで被害を抑えようとする習俗が日本全国でみられる。例えば畑に餅を埋めたり神棚に供えたりするのだが、秋田県の鹿角地方や長崎県五島では、小餅などをネズミの出やすい場所に置くことをネズミノトシダマと呼んだ。「おむすびころりん」の名称で親しまれる「鼠浄土」の民俗伝承で、地中にネズミと米が登場するのも、こうした習俗が背景になっていると考えられる。

一方で、これと似た習俗ではあるが、悪霊とは反対に、家にやってくるネズミを「お福」と呼ぶ習俗もある。岡田要は次のように述べていて、彼らが座敷童に近い扱いをされていたことがわかる。

「お福さん」とはもちろん福の神という意であって、このような地方ではネズミを殺すことを非常に忌み嫌う風習が強く、むしろネズミを神様の使いと崇め、夜寝る前に、わざわざ《お福さんのご飯》などと称して、ネズミの出没する所に、これを供え置く習慣さえおこなわれている。（略）

俗に「ネズミがいなくなると、その家は乏しくなる」といわれる。ネズミにしてみれば、自分が生存していくために穀物倉のあるほどの金持ちの家に棲みつけば、まず食いっぱぐれないわけである。(22)

この神使扱いのもとをたどると、ネズミが神様を助けた伝説、大国主命とネズミのエピソードに行き着く。大国主命（大穴牟遅神《おおあなむじのかみ》）は、須佐之男命《すさのおのみこと》の娘・須世理毘売《すせりびめ》と恋に落ちたことで様々な試練に挑むことになる。そんななか、野で火に囲まれ、窮地に陥った大国主命を救ったのがネズミなのである。

亦《また》、鳴鏑《かぶら》を大《おお》き野《の》の中《なか》に射入《いい》れて、其《そ》の矢《や》を採《と》らしめき。故、其《そ》の野《の》に入《い》りし時《とき》に、即《すなは》ち火《ひ》を以《もち》て其の野を廻《めぐ》り焼《や》きき。是《ここ》に、出《い》でむ所を知らずありし間《あひだ》に、鼠《ねずみ》、来て云《い》ひしく、「内《うち》はほらほら、外《と》はすぶすぶ」と、如此《かく》言ひき。故《かれ》、其処《そこ》を踏《ふ》みしかば、落ちて隠《こも》り入りし間《あひだ》に、火は焼《も》え過《す》ぎにき。爾《しか》くして、其《そ》の鼠《ねずみ》、其《そ》の鳴鏑《かぶらく》を咋《く》ひ持ちて出で来《いき》て、奉《まつ》りき。其の矢の羽《は》は、其の鼠《ねずみ》の子《こら》等、皆《みな》喫《く》へり。

［現代語訳］

また、須佐之男大神は鳴鏑を大きな野の中に射込んで、その矢を大穴牟遅神に取らせた。それで、その野に大穴牟遅神が入ると、直ちに火でその野の周囲を焼いた。そうして、大穴牟遅神が逃げ道が分らないでいたところ、鼠が来て、「内はほらほら、外はすぶすぶ」と、こう言った。それで、そこを踏んだところ、穴に落ちてその中にこもっていた間に、火はその上を燃えて通り過ぎていった。そして、その鼠が例の鳴鏑をくわえ持って出てきて差し出した。その

図5-2　河鍋暁斎「大黒天と鼠」（掛軸、紙本墨画淡彩）
（出典：檜崎宗重編著・監修『秘蔵浮世絵大観』第1巻、講談社、1987年）

矢の羽は、その鼠の子たちが食べてしまっていた[23]。

大国主命は、のちに大国と大黒の音の響きが似ているという理由から、大黒天（ヒンズー教の破壊神シヴァのことで、仏教に入って大黒天と呼ばれるようになった）と同一視されるようになる。その後、日本の福の神であるえびす神と習合されたことによって、大国主命は七福神の大黒様ということになった。こうして大黒様と使者の白ネズミという組み合わせが生まれた（図5―2）。このイメージは非常にポピュラーなものになり、ドブネズミを改良した実験用飼養変種の白ネズミであるラットはダイコクネズミという俗称でも呼ばれている。

ほかにも、ネズミをかわいいと考えるヒトたちもいて、あの御堂関白・藤原道長は、自身の孫をいとおしく思って子ネズミと例え、和泉式部はこれに対し、かわいいと思われるこの子ネズミは果報者だと喜ぶ歌を返している。中島和歌子は「息子の妾妻とその子に対する幾分の軽視は含むだろうが、道長が自らの孫の比喩として用い、「あな、うつくし」（あぁ、いとしい）と言っていることから、嫌悪の対象としていないことは確かである。もし子鼠に対して可愛いという認識が全く無ければ、このようには言えないだろう[24]」と指摘する。

入道殿の、小式部の内侍子うみたるに、のたまはせたる
よめの子の子鼠いかがなりぬらむあな美しと思ほゆるかな
御返し

君にかくよめの子とだに知らるればこの子鼠の罪軽きかな(25)

［現代語訳：引用者］

藤原道長が、小式部内侍が子を産んだのでおっしゃった。よめの子の産んだ小鼠は、どのようになったのだろうか。ああかわいいと思われることであるよ。

返歌

あなたにそのように、よめの子とだけでも知られているのですから、この子の罪（仏教用語。軽視されること）は軽いことでございます。

また、清少納言『枕草子』（平安中期）の「うつくしきもの」には、ネズミとよく似たスズメの鳴き声に、幼児が誘われて近寄ってくる様子が描かれている。

うつくしきもの　瓜《うり》にかきたるちごの顔。雀《すずめ》の子のねず鳴きするにをどり来る。二《ふた》つ三《み》つばかりなるちごの、いそぎて這《は》ひ来《く》る道に、いと小さき塵《ちり》のありけるを、目ざとに見つけて、いとをかしげなる指《および》にとらへて、大人《おとな》ごとに見せたる、いとうつくし。

［現代語訳］

かわいらしいもの　瓜に描いてある幼児の顔。雀の子が鼠鳴きをして呼ぶと、おどるようにして来るの。二歳か三歳ぐらいの幼児が、急いで這ってくる道に、とても小さいごみのあったのを、目ざとく見つけて、とても愛らしげな指につかまえて、大人たちに見せているのは、とてもかわいらしい[26]。

この鼠鳴《ねずな》きは後代、遊女が客を招き入れるためにも使われるようになり、男性にとっても思わず誘われる音として機能していたようだ。こうした表現は、少なくともネズミの鳴き声を魅力的に感じていなければ出てこないはずで、ここにもネズミに対する肯定的な反応が見て取れる。

さらに、江戸時代になると、ついにネズミはペットとして愛玩されるようになる。定延子による『珍翫鼠育草《ちんがんそだてぐさ》』（江戸中期）という書物にはハツカネズミ（家ネズミ）の育て方が掲載されていて、そこには「必鼠集まる時は近き吉事あり[27]」（図5―3）と、ネズミが集まることは吉祥の印ととらえられている。こうしてみてみると、ネズミは生息地に関係なく、恐れられたり尊敬されたり愛されたりしていたようだ。ではなぜ、イーハトーブの家ネズミたちは、ここまで嫌われ者なのだろうか。

ここで注目するのは、ただのネズミの（タヌキとはまた違った種類の）不衛生な側面である。ただのネズミは、どのテクストでも不衛生な生き物として登場している。ツェが周りの動物たちに嫌われたあと交際するようになった道具たちは、「はしらだの、こわれたちりとりだの、ばけつだの、はうきだの」だが、チリトリもバケツも箒もすべて掃除用具であり、彼らは図らずもツェを攻撃することになる。バケツがツェに親切心で譲るのは「洗濯曹達のかけら」で、これを使ったツェは「おひげが十本ばかり抜け」てしまう。また、ツェを最終的に捕獲することになるネズミ捕り器は、ネズミを捕らえるための道具というだけで、人間から「一ぺんも優待」されたことはなく、「さもさわるのさへきたないやうにみんなから思はれて」いる。ネズミが汚いので、それに触れるネズミ捕り器も汚いというわけである。

クンが棲む場所も汚水が流れる下水道のそばで、土煙や「黄色い霧」など、街には汚い空気が漂っている。フウが棲み着いている場所も「空気の流通が悪い」物置で、彼が友人だという生物はシラミ、クモ、ダニ、ムカデである。シラミとダニは人体に寄生する生物で、シラミではヒトジラミ科、ダニではマダニ科が、吸血し様々な病気を媒介する。

一方、野ネズミには不衛生な特徴はみられない。イーハトーブ童話に登場する野ネズミたちは必ず病気にかかるので、ただのネズミと同様に、病気を媒介するものという特徴を有しているように

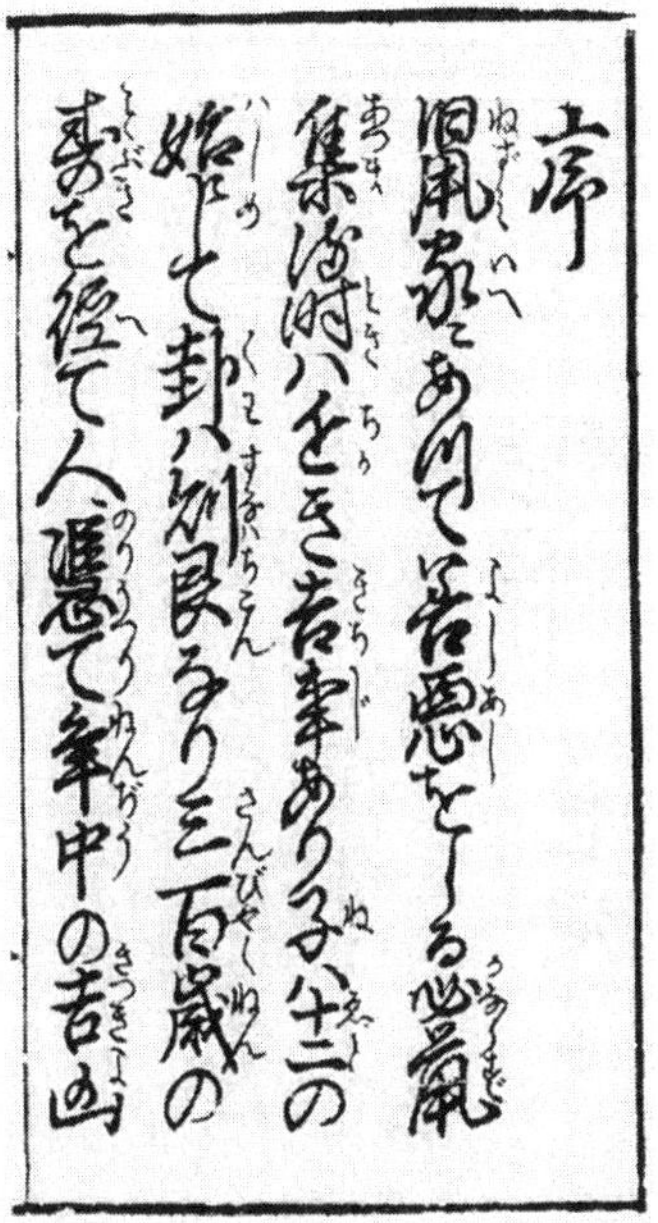

図5-3　定延子『珍翫鼠育草』序文
（出典：青木國夫／飯田賢一／石山洋／大矢真一／菊池俊彦／樋口秀雄編『江戸科学古典叢書44 博物学短篇集 上』恒和出版、1982年）

思えるが、これは当時主流だった野ネズミの駆除方法に起因する。青木信一『通俗農業講話』には次のような記述があり、野ネズミを駆除するための方法としてチフス菌を混入した蕎麦団子の設置が奨励されていた。チフスはヒトも当然感染し、歴史的にみて死者の多い病気だが、当時の認識ではヒトに感染しないものとされていたようである。「蛙のゴム靴」で野ネズミが言う「蕎麦団子」とはこの毒餌のことを指している。野ネズミはチフス菌に感染しているというイメージを保有している。

鼠の繁殖を防ぐもので、まだ一つ大切なものがあります。それはチブス病でして、人間には伝染しませんが、鼠には、非常に伝染するのです。人間は、えらいもので、このチブス菌を培養して、蕎麦団子にまぜ、これを例の出口の辺におく。そこでこれを食つた鼠は、みな病んで死ぬのです。(28)

では、家ネズミが不衛生な環境との関わりを想起させる登場の仕方をするのはなぜだろうか。それは、ヒトの歴史に最も深い爪痕を残した伝染病ペストを運ぶ存在だからである。宮崎揚弘によると、この恐ろしい病気は「ユスティニアヌスの大疫」に代表される「五四一年に始まり、七六七年まで断続的に繰り返された流行(29)」が最も古いとされ、ヒトは本当に長い間、この病気と戦ってきた。

特に有名なパンデミックは十四世紀のヨーロッパで巻き起こったもので、黒死病と呼ばれる大流行である。その被害は甚大で、三人に一人が死亡したとされ、ヨーロッパだけの死者数でも三千五百万人、全世界で六千万から七千万人にのぼったといわれている。このためヨーロッパでは、ネズミは病や悪魔と結びつけられて「禍々しい動物として定着した。（略）災厄のシンボル[30]」である。

日本にペストが侵入したのは一八九九年のことで、国立感染症研究所によると「ペストが日本に侵入してから一九二六年までの二十七年間に大小の流行が起こり、感染例二千九百五名（内、死亡例二千四百二十名）が報告された。他方、一九二七年以降、国内感染例の報告はない[31]」。このころにはすでに、アレクサンドル・イェルサンと北里柴三郎によって、ペスト菌の正体はネズミに寄生するケオプスネズミノミが保有する細菌であることが突き止められていたため、徹底した対策が取られた。結果、ヨーロッパと比較すると被害はかなり小規模に抑えられたのである。

この対策の一つが、ネズミの買い上げである（図5―4）。市民にネズミの捕獲と駆除を奨励することで、感染拡大を防ごうとしたのだ。一九〇〇年から〇二年にかけての「読売新聞」には、横浜市と東京府のネズミ買い上げについて次のような記事が掲載されている。ネズミの買い上げにかかる費用を市の予算でまかなっただけでなく、宝くじまでつけて大々的に買い上げがおこなわれていたことがわかる。

横浜市の鼠買上実施　過般来協議中なりしが愈々《いよいよ》予算費二千円を以て一匹五銭宛《ずつ》にて鼠の買上をなす事となり昨日より実施せり[32]

鼠買上げの成績　去る十五日より二十九日に至る十五日間に市内に於ける鼠の買上総数八五

図5-4　「鼠買上の図」
（出典：「風俗画報」第204号、東陽堂、1900年）

万三千五百六十八頭外《ほか》に無料差出したるもの百十七頭合計五万三千六百八十五頭にして予想外の多数なるが各区中最も多きハ神田日本橋の両区最も少なきハ赤坂麻布の両区なりと[33]

東京市の鼠買上げ　東京市役所に於てハペスト予防として再び鼠買上げを執行する為め最初ハ一万八千円を支出する筈なりしも之を一万円に減じ今回ハ抽選懸賞金附与を廃止し鼠一疋を三銭を以て買上げ大凡三十万匹を買収するの予算なり[34]

（ふりがなと傍点は引用者）

この政策は同時代の文学作品にも数多く取り上げられ、夏目漱石『吾輩は猫である』（大倉書店・服部書店、一九〇五―

〇七年）に登場する「車屋の黒」は、自分が捕ったネズミを飼い主が一匹五銭で警察に売って小遣い稼ぎをしていることを次のようにぼやいている。当時の五銭の価値は結構なもので、一九〇五年（明治三十八年）のアンパンが一個一銭、〇四年（明治三十七年）の蕎麦が二銭である。[35] 二〇二三年のセブン‐イレブンの「つぶあんぱん1個入」が一個百二十五円（税抜き）[36]、ゆで太郎のかけそばが三百九十円（税抜き）[37]なので、ざっくりとした計算ではあるが、当時の五銭は、いまの六百二十五円から九百七十五円程度の価値になる。

「考げえると詰らねえ。いくら稼いで鼠をとつたつて――一てえ人間程ふてえ奴は世の中に居ねえぜ。人のとつた鼠を皆んな取り上げやがつて（ママ）交番へ持つて行きあがる。交番じや誰が捕つたか分らねえから其たーんー（ママ）びに五銭宛くれるぢやねえか。うちの亭主なんか己の御蔭でもう一円五十銭くらい儲けて居やがる癖に碌なものを食せた事もありやしねえ。おい人間てものあ体の善い泥棒だぜ[38]」

また、警視庁と東京府は次に挙げる「ペスト予防訓諭」まで出している。ネズミの死骸を見つけた場合は警察に届け出る必要があることや、素手で触れることを禁じるなど、市民への啓蒙活動も徹底されていたようだ。

横浜市に「ペスト」病発生に付き警視庁及び東京府にてハ昨日左の如き訓諭を発したり

一、鼠族ハ「ペスト」病毒の媒介を為すものにして予防上最も警戒すべきものなるに付き各戸に於て力めて駆除すること
二、鼷鼠《へいそ》の発見にハ特に注意を加へ之を発見したるときハ明治三二年十二月警視庁令第九号に依り警察官に届出る事
三、鼠族ハ手を触れず箸類を以て之を取り扱ひ且つ鼠族に附着せる蚤の人体に移附せさる様注意し箸類ハ使用後直に焼却する事
四、家屋の内外ハ常に清潔にする事
五、予防上跣足《はだし》を戒むるハ勿論苟《いやしく》も手足に傷損ある者ハ速に相当の手続を為すこと
又警視庁ハ別に左の庁令を昨日より施行す
家屋若しくハ宅地内に於て鼠の死体を発見したる者ハ消毒前速に書面又ハ口頭を以て警察署警察官又ハ検疫委員に申告すべし
本令に違反したる者ハ一円以下の科料に処す(39)

（ふりがなと傍線は引用者）

こうした取り組みは、都市に住むヒトの家ネズミに対する関心を掻き立て、ネズミ＝衛生害獣というイメージが定着した。さらに、殺鼠剤の需要も高まり、皇室が買ったという煽り文句の広告までが掲出されるに至る（図5―5）。「「ツェ」ねずみ」でネズミ捕り器が「ちかごろは、どうも毎

日の新聞にさへ、猫といっしょにお払ひ物といふ札をつけた絵にまでして、広告されるのですし」と言うのが殺鼠剤の「猫イラズ」で、広告には偽物が出回っていることまで記載されている。

図5-5　「猫イラズ」広告。ネズミ捕り器に「オハライ物」と札が貼ってある
（出典：「官報」大蔵省印刷局、1919年11月7日）

新型コロナウイルス感染症（COVID-19）のパンデミック下で、三つの密の回避を奨励されたことが記憶に新しいわれわれにとっては非常に理解しやすいことだが、ペストはヒトからヒトに感染する病気であるため、人口密度が高く、海外からの渡航者なども含めた往来の激しい都市部で流行しやすい。日本での流行については岡田要が次のようにまとめているが、特に輸出入を担う都市だった神戸や横浜、そして東京や大阪での流行が目立ったようである。

明治三十二年十月に神戸で流

行しはじめたが、その流行もかなり制限をうけていた。さらに神戸から大阪へ移り、ついで三十四年四月には東京へと流行はのびたのであったが、中国やインドからの古綿、古布、古着などの輸入を禁止したり、万全の策がとられたので、その罹病者はわずか二二七名にとどまった。

ついで三十五年と三十六年にもペスト患者が出たが、三十七年十二月に神戸にまたペストが発生して、近畿をはじめ、中国、四国、九州から東京、千葉まで三府十八県にまでひろがった。明治四十二年にはネズミ駆除令が出されて、衛生局長から猫を飼育するようにとの通達があった。明治四十四年までの六年間にわたって、死者が二二一五人、ペスト菌を保有していたネズミが二万一九〇〇四にのぼったのであった[40]。

こうして、家ネズミのイメージはペストそのものになった。家ネズミであるただのネズミがイーハトーブでも嫌われ者なのは、当時の流行病が大きく影響しているのである。

ネズミは小さく、獣社会のヒエラルキー構造の底辺に位置する弱者である。そのため彼らは生存戦略として弱者であることを利用し、大きいものから搾取するという道を選んだ。これは、小さく目に見えない細菌やウイルスが、はるかに大きい存在であるヒトを大量死に至らしめる構図と酷似している。イーハトーブのネズミたちは、小さいからこそ恐ろしい簒奪者として描かれているのである。

注

（1）本川雅治「日本のネズミ——種多様性と研究史」、本川雅治編『日本のネズミ——多様性と進化』所収、東京大学出版会、二〇一六年

（2）篠原かをり『ネズミのおしえ——ネズミを学ぶと人間がわかる！』徳間書店、二〇二〇年、一六一ページ

（3）吉田光由『塵劫記』大矢真一校注（岩波文庫）、岩波書店、一九七七年、二〇一ページ

（4）前掲『通俗伊蘇普物語』には、「牧童《ひつじかひ》と狼の話」として次のように掲載されている。「村近《むらぢか》の野に畜《かひ》付たる羊の番をする牧童《こぞう》。毎日見張り居るばかりゆゑ退屈して。一日不図《あるひふと》狼ダ〳〵と呼《よび》あるくと。村中のものどもが聞つけて。四方《ほうぐ》より駆集《かけあつ》まり。空《くう》に大騒動したるを見て。至極面白《おもしろき》事と思ひ。夫《それ》より後は二度も三度も同じ騒《さわぎ》を仕出《しだ》しては遊びけり。然るに或日真《しん》に狼出来《いできた》りたれば。牧童《こぞう》大に仰天して。大声揚《あげ》てかけまはり。一生懸命に加勢を呼べども。村のものは耳にもかけず。又例の戯謔《わるふざけ》だと一向に出合《いであは》ねば。数多《あまた》の羊一疋も残らず皆狼に喰《くは》れけるとぞ」（五一ページ）

（5）谷川士清『倭訓栞』第二巻、成美堂、一八九八年、四七一ページ

（6）長谷川恩『ネズミと日本文学』時事通信社、一九七九年、八ページ

（7）柿原久保編『理科摘要』上、魂友会出版部、一九〇八年、四八ページ

（8）Siebold, *op. cit.*, p. 50.

（9）宇田川竜男『ネズミ——恐るべき害と生態』（中公新書）、中央公論社、一九六五年、五八ページ

（10）鈴木仁「ハツカネズミの歴史——その起源と日本列島への渡来」、前掲『日本のネズミ』所収、一九七ページ

（11）「ジャパンナレッジ」に収録されている『日本古典文学全集』で「野鼠」「野ねずみ」「野ねづみ」「地鼠」「地ねずみ」「地ねづみ」「田鼠」「田ねずみ」のキーワードで全文検索を実施した。その際、田鼠はクマネズミを指す場合とモグラを指す場合があるため、明らかにモグラを指している場合は除外した。

（12）『新編日本古典文学全集83 近世説美少年録1』徳田武校注・訳、小学館、一九九九年、四三六ページ

（13）注（11）を参照。

（14）与謝野寛『むらさき』東京新詩社、一九〇一年、四八ページ

（15）島崎藤村『千曲川のスケッチ』左久良書房、一九一二年、三六ページ

（16）人見必大『本朝食鑑』第五巻、島田勇雄訳注（東洋文庫）、平凡社、一九八一年、三三二ページ

（17）寺島良安『和漢三才図会』第六巻、島田勇雄／竹島淳夫／樋口元巳訳注（東洋文庫）、平凡社、一九八七年、一二三ページ

（18）前掲『本草綱目五二巻図三巻奇経八脈攷一巻脈訣攷証一巻瀕湖脈学一巻附本草万方鍼線八巻本草綱目拾遺一〇巻』

（19）こうえふ『三人妻 前編』春陽堂、一八九三年、二七ページ

（20）「猫の草紙」は室町時代ごろに成立した御伽草子のなかの一つで、「敦盛」や「酒呑童子」「一寸法師」などとともに、江戸時代には御伽文庫としてセットで刊行されている（いわゆる渋川版）。巌谷小波と同時代に、これをほとんど忠実に翻刻した『御伽草子』後篇（今泉定介、畠山健校定、吉川半七、一八九一年）では、ネズミは『日本昔噺』と同様に都落ちしてでも生き延びようとしてはいるものの、それを野ネズミになることとは表現していない。「近江の国御検地ありしかば。めんあひにつ

いて。百姓稲をからぬよし。慥に聞きとゞくるなり。まづ〳〵冬中はまかりこし。稲の下にめこ共をかゞませ。年をこえ暖にならば。きたのこほり。木のもとの地蔵をたのみ。ゆんでめての山々。いかゞ山・おくだに山。おそろしけれど。(略)おきの島などへもおし渡り。ところわらびなどをほりくひ。一たんしんみやうをつながんとぞんじ候」

(21) 巌谷小波述、東屋西丸記『日本昔噺』第二十二編、博文館、一八九六年、二〇―二一ページ

(22) 岡田要『ねずみの知恵』博品社、一九九五年、三ページ

(23) 前掲『新編日本古典文学全集1 古事記』八二―八三ページ

(24) 中島和歌子「上代の鼠の諸相――『古事記』で大国主を火難から救うのが母鼠である理由」「札幌国語研究」第十八巻、北海道教育大学札幌校国語国文学会、二〇一三年、二六ページ

(25)『和泉式部集・小野小町集』窪田空穂校注(日本古典全書)、朝日新聞社、一九五八年、九九ページ

(26)『新編日本古典文学全集18 枕草子』松尾聰/永井和子校注・訳、小学館、一九九七年、二七一ページ

(27)『江戸科学古典叢書44 博物学短篇集 上』恒和出版、一九八二年、一〇五ページ

(28) 青木信一『通俗農業講話』参文舎、一九〇七年、一五〇ページ

(29) 宮崎揚弘『ペストの歴史』山川出版社、二〇一五年、八ページ

(30) ヴェロニカ・デ・オーサ『図説動物シンボル事典』八坂書房訳編、八坂書房、二〇一六年、二一八ページ

(31) 川端寛樹/明田幸宏「ペストとは(二〇二三年九月十三日改訂)」(https://www.niid.go.jp/niid/ja/kansennohanashi/514-plague.html)[二〇二三年十一月十二日アクセス]

(32)「横浜市の鼠買上実施」「読売新聞」一九〇〇年一月二十四日付

(33)「鼠買上げの成績」「読売新聞」一九〇〇年二月三日付
(34)「東京市の鼠買上げ」「読売新聞」一九〇二年十月十一日付
(35)週刊朝日編『値段の明治・大正・昭和風俗史』朝日新聞社、一九八一年
(36)セブンプレミアム商品情報ページ「つぶあんぱん 1個入」(https://7premium.jp/product/search/detail?id=5363)[二〇二三年十一月十二日アクセス]
(37)ゆで太郎メニューページ「グランドメニュー」(https://yudetaro.jp/menu/)[二〇二三年十一月十二日アクセス]
(38)漱石「吾輩は猫である」「ホトトギス」第八巻第四号、ホトトギス社、一九〇五年一月、一〇ページ
(39)「ペスト予防訓諭」「読売新聞」一九〇二年十月十一日付
(40)前掲『ねずみの知恵』五二ページ

第６章　アリ——近代社会の代表者

アリが登場するイーハトーブ童話
「朝に就ての童話的構図」「おきなぐさ」「カイロ団長」「「ツェ」ねずみ」

1　小さき他者、信用される目

アリは、膜翅目に属するハチの仲間で、ヒト社会のすぐそばにいる昆虫である。砂漠から熱帯雨林まで様々な環境に適応し、世界中の陸地に生息している。発見されている種目は約一万種にのぼり、地球上に現在生息しているアリの合計は世界人口に匹敵すると考えられている。だが、山根正気によると「昆虫など多くの生物群では既知種よりも未記載種の方が圧倒的に多いという見解が優勢で、じっさいに存在する現生種の数に関していえば、文献上の数字は脊椎動物や高等植物を除けば、目安にすらならない場合もある(1)」らしく、アリはまだまだ未知の部分が多い生物といえるだろう。

古代からヨーロッパでは、そこらじゅうにうじゃうじゃしているアリはヒトの関心を集めたようで、活発な採餌行動に注目した伝説や物語が多く残されている。有名な物語は、やはりイソップ寓話集だろう。渡部温訳『通俗伊蘇普物語』には「第五　蟻《あり》と螽蟖《きり〲す》の話」として、次のように掲載されている。ここではアリは働き者、キリギリスは怠け者として登場し、目先の快楽にとらわれず先々のことまで考えて行動することが教訓として説かれている。

夏もすぎ秋もたけ。稍冬枯《やゝふゆがれ》の頃《ころ》になりてある暖《あたゝか》なる日。蟻ども多く打あつまり。夏の日にとり収《おさめ》たる餌《ゑ》を日に晒《ほす》とて。穴より引出《ひきいだ》し居たり。かゝるところにいと飢《うゑ》つかれたるきり〲す蹣跚《よろぼひ》来て。命をつなぐため。いさゝか其餌《ゑ》を分《わか》ち給はれと乞《こ》へり。其時古老の蟻ふりかへり見て。「如何様御辺《いかさまごへん》はきり〲すよな。汝《そなた》は夏中何《なに》をして暮《くら》されしや。何故食《しょく》に困るゝや」と問《とへ》ば。きり〲す驕色《ほこりか》に答《こたへ》て。「此夏はいと面白《おもしろく》こそありつれ。花に戯《たはむ》れ葉に眠り。口には露。身には羅衣《うすもの》。謡《うた》ひもしつ舞《まひ》もしつ」と。いひもきらぬに蟻打笑《わら》ひ。「さらば合力《かうりょく》は御無用なり。永《なが》我等《われら》は夏の炎天に脊をさらして餌を運び。此冬枯《ふゆがれ》の用意をなしたり。故に今日《けふ》の安心あり。

の夏中踏歌《まひうた》ひて徒《いたづら》に日を消《おく》りしものは。冬になりては飢《うゑ》べきはづなり。我は知《しら》ず」と答へけるとぞ

夏に稼《かせ》ぎし余徳《よとく》は。冬になりて顕《あらは》るゝものじやぞ(2)

また、ギリシャ神話にはアリをヒトのルーツとする「ミルミドン」の話がある。あるとき、女神ヘラの逆鱗に触れたアイギナ島はあっという間に病に侵され、家畜も民も何もかもが死んでいく。とうとう最後に残った王アイアコスは、父ゼウスに「私のことも殺すか、この木に行列している働き者のアリのような臣民を大勢賜ってください」と祈る。するとその日の夜、アイアコスは、木から落ちた無数のアリがヒトになる夢をみる。目が覚めるとたしかにそこに多くのヒトがいて、自分を王とあがめている。そこで、アイアコスは彼らを新しい民とし、ミルミドンと呼ぶことにした、という話である(3)。

アリに対するこうしたまなざしはキリスト教文化のなかでも失われず、『旧約聖書』で語り継がれているソロモン王の箴言には次のような一節がある。

怠け者よ、蟻のところに行って見よ。
その道を見て、知恵を得よ。
蟻には首領もなく、指揮官も支配者もないが
夏の間にパンを備え、刈り入れ時に食糧を集める。(略)

怠け者よ、いつまで横になっているのか。
いつ、眠りから起き上がるのか。（略）
しばらく手をこまぬいて、また横になる。
貧乏は盗賊のように
欠乏は盾を持つ者のように襲う。(4)

ギルバート・ワルドバウアーは、ヨーロッパでアリは「文化的には勤勉かつ秩序だった行動の模範として広く認められている(5)」と指摘する。アリはヒトのあるべき姿、ヒトの鑑とされてきた。中国でもアリはヒトに重ねられてきたが、ここではアリ社会を、ヒト社会に隣接するもう一つの、ヒト社会として考える傾向が強い。瀬川千秋は、「中国人のアリの巣穴への関心は歴史が長く、人間がアリの世界を訪問する話はすでに四世紀に干宝があらわした『捜神記』に見られる(6)」と指摘する。この話がもとになって生まれた、李公佐『南柯太守伝《なんかたいしゅでん》』（八〇二年ごろ）は、淳于棼《じゅんうふん》が酒に酔ってうたた寝し、その夢のなかで、庭の木の洞を通って槐安国《かいあん》に連れていかれ栄華を極めるという内容である。夢から覚めた淳于棼が庭の木の洞を切り開くと、そこにはアリの国があった。瀬川はこれを「閉じられた空間には別天地が存在する、宇宙は入れ子式にもうひとつの宇宙を内包している(7)」という中国人独特の夢想のパターンであると指摘する。また、アリには霊性があり、水の気配を察知する力に長けていると信じられていたようで、李時珍の『本草綱目』には「能知雨候(8)」（よく雨が降ることを予知する〔日本語訳は引用者〕）とある。瀬川はまた、韓非『韓非子』（前二〇〇年ごろ）の「説林《ぜいりん》」にある「山中無水隰朋曰蟻冬居山之陽夏居山之陰。蟻壌一寸而仞有水。乃掘地遂得水」[9]（山中で水がなくなったとき、隰朋《しゅうほう》が「アリは、冬は山の南に、夏は北にいる。アリの巣を探せばそこに水がある」と言うのでそのとおりに掘ると、本当に水を得ることができた〔日本語訳は引用者〕）という逸話を挙げて、「昔の人びとが、アリはある分野に関して、隰朋もかなわぬ能力をもっていると一目置いていたことがわかる」[10]と指摘している。

このように、多くの国でアリはヒトと対等かそれ以上の関係として語られているのだが、近代以前の日本でのアリのイメージは、ヨーロッパや中国とは大きく異なっている。まず、日本の民俗伝承でアリはあまり注目されていない。関敬吾『日本昔話大成』でアリが登場する伝承は四話だけで、佐々木喜善『聴耳草紙』にはアリが登場する伝承は一話もみられない。そのため、この数少ない民俗伝承からアリのイメージを読み取ることは困難である。『日本昔話大成』の民俗伝承は、アリが鯛を見つけて「ありがたい」と言ってすべて自分のものにしたというような、アリという名前をもじった言葉遊びを主題とする話型が三話を占める。唯一、アリの義理堅い性格が読み取れる話は「新話型」に分類されるが、これについてはイソップ寓話「第百二十八　蟻と鳩の話」[11]が日本に紹介されたことによる影響があるものと指摘されている。

古典文学では、アリが主役の物語よりもヒトをアリに例える表現が多くみられる。例えば、吉田兼好『徒然草』（一三三〇年ごろ）の七十四段では、ヒトは貴賤・年齢の区別なく「蟻のように」と表現されている。

蟻《あり》のごとくに集まりて、東西《とうざい》に急《いそ》ぎ南北《なんぼく》に走る。高きあり賤《いや》しきあり。老いたるあり若きあり。行く所あり帰る家あり。夕《ゆふべ》に寝《い》ねて朝《あした》に起く。営《いとな》む所何事ぞや。生《しやう》を貪《むさぼ》り、利《り》を求めてやむ時なし。

［現代語訳］

蟻のように集って、東へ西へ急ぎ、南へ北へ走る。身分の高い人もあり、低い人もある。年とった人もあり、若い人もある。行く所があり、帰る家がある。夜には寝て、朝には起きる。忙しく働いているのは何事であるのか。やたらに長寿を願い、利益を求めてとどまるところがない[12]。

また、浅井了意『かなめいし』（一六六二年ごろ）にも「うつり心なる都の諸人ばら、参詣の貴賤上下、さながら蟻の熊野まいりのごとし。（移り気な都の者ども、参詣の貴賤上下、まるで蟻が熊野参りするように、黒山の人が押し寄せた[13]）」とある。この蟻の熊野参りとは、長い行列をアリの行列に例えた表現である。

こうしてみると、アリの比喩表現には、アリを見下ろすヒトの視線が包含されていることに気がつく。彼らにとってアリは小さいことを象徴する存在だった。清少納言『枕草子』四十一段「虫は」でも、アリは夏虫として取り上げられ、「蟻はいとにくけれど、かろびいみじうて、水の上などをただ歩みに歩みありくこそをかしけれ。（蟻はとてもいやだけれど、身軽さはたいへんなもので、水の上などをひたすらさっさと歩きまわるのがおもしろい[14]）」と、その小ささと身軽さが描かれている。

また、小西正泰は「いざ探してみると、日本にはアリの伝説は案外に少ない[15]」と前置きして、蟻通明神の話を挙げている。これは現在の大阪府泉佐野市長滝にある蟻通神社にまつわる伝承で、『枕草子』二百二十七段「社は」でも紹介されている。ここにもアリは小さい生物であるというヒトのイメージが見て取れる。

この蟻通とつけけるは、まことにやありけむ、「昔、おはしましける帝の、ただ若き人をのみおぼしめして、四十になりぬるをば失はせたまひければ、人の国の遠きに行き隠れなどして、さらに都のうちにさる者のなかりけるに、中将なりける人の、いみじう時の人にて心などもかしこかりけるが、七十近き親二人を持たるに、『かう四十をだに制あることに、まいておそろし』とおぢさわぐに、いみじく孝なる人にて、遠きところに住ませじ、一日に一度見ではえあるまじとて、みそかに家のうちの土を掘りて、そのうちに屋を立てて、籠め据ゑて、行きつつ見る。（略）

唐土の帝、この国の帝をいかではかりて、この国打ち取らむとて、つねにこころみ事をし、あらがひ事をして、おそりたまひけるに、（略）

ほど久しくて、七曲にわだかまりたる玉の、中通りて、左右に口あきたるが、小さきを、奉りて、『これに緒通して給はらむ。この国にみなしはべることなり』とて、奉りたるに、『いみじからむ物の上手不用なり』とて、そこらの上達部、殿上人、世にありとある人言ふに、また行きて、『かくなむ』と言へば、『大きなる蟻をとらへて、二つばかりが腰にほそき糸をつけて、また、それにいますこし太きをつけて、あなたの口に蜜を塗りて見よ』と言ひければ、さ申して、蟻を入れたるに、蜜の香をかぎて、まことにいととく、あなたの口より出でにけり。さて、その糸の貫かれたるをつかはしてける後になむ、『なほ日本の国はかしこかりけり』とて、後にはさる事もせざりける。

［現代語訳］

この蟻通と名前をつけたのは、本当のことかどうか、次のような話がある。「昔々、おいでになった帝が、ひたすら若い人をだけおかわいがりになって、四十になってしまった人はお殺させになったので、よその国の遠い所に行って隠れなどして、全然都の中に、年寄の者がいなかったのに、中将であった人で、たいへん時めいていて心なども賢かった人がいて、七十歳近い親を二人持っていたのだったが、『こんなふうに四十歳をさえ定めがあるのに、七十近くではまして恐ろしい』と親がこわがって恐れた時に、たいへん孝心のある人で、『遠い所には住わせたくない、一日に一度親の顔を見ないではいられそうもない』ということで、ひそかに家の中の土を掘って、その中に建物を造って、親を隠して入れておいて、そこにいつも行っては顔を見る。（略）

唐の帝が、この国の帝を、どうかしてだまして、この国を奪おうというわけで、いつも知恵をためし、議論を吹きかけてきて、帝は脅威を感じておられたのだが、（略）

唐の帝は、その後長い間たってから、七曲りにくねくねと曲っている玉の、中が貫通していて、左右に口があいていて、小さいのを、奉って、『これに緒を通して、それをちょうだいしましょう。こちらの国では、みなしておりますことです』と言って、奉ったので、『これではどんなに立派な細工の名人でも役に立たないことだ』と、多くの上達部や殿上人、またありとあらゆる人が言うので、中将はまた親の所に行って、『こうこうです』と言うと、『大きな蟻をつかまえて、その二匹ほどの腰に細い糸をつけて、また、それに糸のもう少し太いのをつないで、あちらの口に蜜を塗ってみなさい』と言ったので、中将は帝にそのように申しあげて、蟻を入れたところ、蜜の匂いをかいで、本当にとても早く、向うの口から出たのだった。そうして、その糸が向うに通っている玉をおつかわしになったそのあとで、『やはり日本は賢い国だということがわかった』ということで、その後は唐の帝はそういうこともしなかったのだった。(16)

さて、ではイーハトーブ童話で、アリはどのように描かれているのだろうか。イーハトーブでもダニやシラミはキャラクターとして描かれず、登場人物としてはアリが最も小さな生き物である。だが、古典文学とは違って、アリは、特にその目が高く評価されている。「朝に就ての童話的構図」は、ヒトが見ると小さなキノコが、アリの視点では大きな謎の建物に見える様子をユーモラスに描いている。「カイロ団長」のアリは、アマガエルが立派な木を千本も集めなければならなくなって途方に暮れているところへ登場し、「そこにあるそのけむりのやうなかびの木などは、一つかみ五百本にもなるぢゃありませんか」とアドバイスする。「おきなぐさ」のアリは次のように、太陽を仰ぎ見る小さな虫だからこそわかるオキナグサの本当の色を教える。イーハトーブのアリは、小さな存在だからこそ見える真実をほかの生物に教える役割を担っているのである。

ごらんなさい。この花は黒朱子ででもこしらえた変り型のコップのやうに見えますが　その黒いのはたとへば葡萄酒が黒く見えると同じです。この花の下を始終往ったり来たりする蟻に私はたづねます。

「おまへはうずのしゅげはすきかい、きらひかい。」

蟻は活発に答へます。

「大すきです。誰だってあの人をきらひなものはありません。」

「けれどもあの花はまっ黒だよ。」

「いゝえ、黒く見えるときもそれはあります。けれどもまるで燃えあがってまっ赤な時もあります。」

「はてな、お前たちの眼にはそんな工合に見えるのかい。」

「いゝえ、お日さまの光の降る時なら誰にだってまっ赤に見えるだらうと思ひます。」

「さうさう。もうわかったよ。お前たちはいつでも花をすかして見るのだから。」

2　太陽コンパスの発見

日本には、アリに関する民俗伝承はほとんど記録されていない。だが、俗信やことわざは多くあり、その多くが天気に関するものである。『故事俗信ことわざ大辞典 第二版』（北村孝一監修、小学館、二〇一二年）を調べてみると、アリと雨の関連を示す俗信は九つも掲載されていた。

蟻が家の中に入れば雨
蟻が多く行きかうのは大風の兆
蟻が木へ上がったら大水がある
蟻が高上りすると洪水がある
蟻が行列をして移動するのは大雨の前兆
蟻が巣を塞ぐ時は雨
蟻が卵を持って巣を出ると天候が変わる
蟻が物を穴の中へ運ぶと天気が変わる
蟻は五日の雨を知る(17)

だが、イーハトーブではこれとは逆に、アリは太陽と密接な関係がある。前節で引用したテクストからわかるように、「おきなぐさ」に登場するアリが本当のオキナグサの色を知り得たのは太陽のおかげである。そして何より、「朝に就ての童話的構図」がアリと太陽の関係を強固なものとしている。

このテクストでは、一夜にして現れた白く巨大な謎の物体をめぐってアリの歩哨と子どもたちがやりとりをする。物体の正体はきのこで、一夜で成長したのだった、という内容で、アリの視点で夜明けの一瞬を切り取っている。宮沢清六・天沢退二郎編『新校本 宮澤賢治全集』第十二巻の「校異篇」(筑摩書房、一九九五年)によると、このテクストは従来「ありときのこ」もしくは「蟻ときのこ」という題で収録されてきた。だが、初出にあたる「天才人」第六集(天才人社、一九三三年三月)に掲載された際は「朝に就ての童話的構図」というタイトルだった。この童話的構図とはどういう意味なのだろうか。構図は、『日本大百科全書』で次のように定義されている。

絵画に代表される平面的造形作品の画面構成を構図とよぶ。したがって画面上のすべての視覚的要素が構図を決定する要素であり、構図は絵画のもっとも本質的な部分を形成するものである。構図を決定する基本的要素には、画面上のさまざまな形象(人物や物、背景)の形態と、それぞれの占める位置、すなわち形ある物と空間との関係を第一にあげることができる。ついで形象のもつ量塊相互の関係、形態そのものの特徴、そして全体を統一するある種の幾何学的原理などをあげることができる。さらに、これらの要素と不可分であり、また同等の重要性を有するものとして、明暗表現と色価の調整をあげなければならない。(18)

要するに、構図とはある画面内に収まるすべてのモノの形態と位置関係を示す言葉ということである。つまり、「朝に就ての童話的構図」とは、朝にまつわる童話的なモチーフが絵画や写真のようにテクスト内に配置され、同時に立ち現れているテクストといえる。アリは朝を表現するために必要な「視覚的要素」であり、それは朝を告げるニワトリではなく、アリでなくてはいけなかった。これはなぜなのだろうか。

3　アリ学の発展と兵隊イメージの定着

アリは生物学の様々な領域の発展に寄与した虫だが、それには太陽に関わる発見も含まれる。スイスの昆虫学者フェリックス・サンチによる太陽コンパスの発見である。太陽コンパスとは、生物が移動するときに、見かけの太陽の位置を基準（移動方向を教えるコンパス）にして自分の位置を把握する能力のことを指す。生物のこの能力をサンチが発見したのは、一九一一年におこなったアリを用いた実験によってだった。特殊相対性理論をはじめ時空という概念に関心を寄せていた宮沢賢治が、生物の「時間と空間の両方で定位する助けになる」[19]太陽コンパスという能力を知らなかったとはとうてい思えない。イーハトーブのアリのキャラクターは、民俗伝承や古典文学で培われてきたイメージよりも、生物学に立脚していると考えられる。

近代以前と以後で日本人の動物観が大きく異なっていることは繰り返し述べてきたが、これはアリにも当てはまる。明治時代になると日本でアリ学の本が一気に出版され、教科書や授業を通じて最新の知識が多くの日本人に教授された。これによって、近代以後、日本人はアリに対して全体主義や兵隊のイメージを抱くようになった。

アリの生態研究が本格的に始まったのは、昆虫行動学の父と呼ばれるルネ・レオミュールが生きた十八世紀のことだが、日本でアリの研究が活発化したのは二十世紀に入ってからになる。寺山守は、日本でのアリの既記録種数の増加をグラフ化しており、それによると「一九〇〇年から一九一五年までと、一九二八年から一九四一年までの間で著しく種数が増加していることがわかる。この時期は、日本のアリ研究の黎明期としてとらえることができ、特にホイラー、フォーレル、サンチ(F. Santschi)、寺西、矢野、伊藤と言った研究者の業績が大きい[20]」という。

アリの特殊な生態に、社会性というものがある。アリは繁殖のために、女王アリを頂点として徹底的な役割分化をおこなっている。その合理性はたしかに軍隊を彷彿とさせるものだ。今井弘民によると、「アリの社会では、いつも全体が個に優先している。仕事は、その時々の社会の必要に応じて、機械的にふり分けられて、一匹一匹のアリの自由意志によらない。さらに驚いたことには、雑用専用の働きアリや敵と戦う兵アリのように、それぞれの仕事を能率よくこなせるよう、幼虫の発育の途中で体の形をつくり変えてしまう[21]」という。アリの体を目的ごとに作り変えるのは、巣の頂点に君臨する女王アリだ。アリ社会の裁量が女王アリ一匹に委ねられているこの体制は、ヒト社会に例えれば絶対王制社会といえるだろう。さらに、この女王の裁量は卵の性別の決定にまで及ぶ。女王アリは卵の雌雄を産み分けることができるが、われわれが普段目にするアリはすべてメスである。これは、オスに結婚飛行以外の使い道がないためだ。彼らは羽をもって生まれ、結婚飛行の時期になるとほかの巣から飛び立った未来の女王アリと空中で交尾をし、それが終わるとすぐに死ぬ。短命だから女王アリは、巣が成熟期を迎えるまでは働くメスを産み、繁殖期になるとオスを産む。

なオスを産むタイミングを合理的に判断しているのである。また、女王アリはフェロモンによってメスの卵巣の発達をも抑制する。これによって、働きアリは卵の世話と採餌に集中することができるのだ。

これらの生態は、働きアリがメスであることを除いて[22]、日本初のアリ本『蟻の社会生活』にすでに記載されている。そのなかには、「いはゆる「兵虫」（“Soldiers” or “Milites”）と称するものが出来てゐる」「他種の蟻の職虫を狩り集めて、奴隷のやうに使役する」「奴隷狩りの為に大きな行列をつくり、（略）進軍に先だち、巣の位置について、あらかじめ十分な調査が行はれるものと信ぜられてゐる」[23]と、アリを軍隊に例える表現がみられる。また、同年には、いまなお世界中で広く読まれているジャン・アンリ・ファーブル『昆虫記』の日本語訳書が椎名其二の翻訳で出版された。そのなかで、アマゾンアリの行進が次のように描かれている。

アマゾーヌの群は午後頻繁に、彼等の兵営から出て遠征に出かける。その縦列は五米突乃至六米突に及ぶ。もし途中に何んにも気を惹くやうなものがないと、隊伍は可成り整然としてゐる。（略）いくらかの斥候が派遣せられ、もしそれが誤謬だと分ると、彼等はまた進軍して行く。この歩兵隊は庭の径幾本を過り、芝草の間へ姿を隠し、その向うへまた現れ、枯葉の堆積に突き進み、再び現れ出で、絶えず獲物もがなと捜索して行く。[24]

この翻訳は原著のフランス語に忠実で、アリを兵隊に例えているのはファーブルである。先ほど引用した翻訳箇所を、フランス国立図書館の電子図書館 Gallica に所蔵されている *Souvenirs entomologiques: études sur l'instinct et les moeurs des insectes* の原文から引用すると次のようになる。

> je vois fréquemment les Amazones sortir de leur **caserne** dans l'après-midi, et partir en expédition. La colonne mesure de cinq à six mètres. Si sur le trajet rien ne se montre qui mérite attention, les rangs sont assez bien conservés;（略）Des éclaireurs se détachent, l'erreur est reconnue, et l'on se remet en marche. **La cohorte** traverse les allées du jardin, disparaît dans les gazons, reparaît plus loin, s'engage dans les amas de feuilles mortes, se remet à découvert, toujours cherchant à l'aventure.[25]
>
> （強調は引用者）

この「caserne」とは兵舎のことであり、「La cohorte」はコホート、つまり歩兵隊を意味する。岩田久二雄は「前世紀末から今世紀にかけて、これほどひろく世界に啓蒙的な役割をはたした生物学書は、進化論にかんする著書をのぞいてはないであろう。しかもこの書の一つの特色は、昆虫学界と同時に、一般民衆にさらに大きい影響をあたえたことである。（略）FABRE の偉大さは、たしかに、昆虫学という動物学の一部を、民衆の手のとどくところにおいたことにあるともいえるのである」[26]と指摘する。『ファーブル昆虫記』、そしてアリ学の発展によって、アリは全世界的に兵隊のイメージを背負うことになった。これが日本でも受け入れられたのは、明治政府によって国軍が作られたことも影響しているといえるだろう。アリの社会をヒトの軍事国家に例えるような比喩表現は、以降に出版された横山桐郎の『蟻と蜂』(「蟻の戦争を起す原因」[27])や、茅沼保次の『少国民の科学 蟻の生活』(「蟻の戦争には斥候があり、尖兵があり、行軍、白兵戦、突撃、反撃、攻城、防備、追撃、退却、逆襲など人間の戦争と同じやうなことがあります」[28])などにもみられる。また、『尋常小学理科教授資料集成』にも「其の性好戦の動物にして他種の団に攻撃を試み勝利を得る時は彼等の貯蔵せる食物は皆己が巣に運び敗者を奴隷としてこれを使役し又敗者の卵・幼虫・蛹等を捕獲して生長の後奴隷として使役する奇習あるものあり[29]」と書いてあり、子どもたちの多くが教師の講義からアリに対する兵隊のイメージを得たことがわかる。

イーハトーブ童話でも、「朝に就ての童話的構図」「「ツェ」ねずみ」でアリは軍隊として登場する。軍隊は大規模で、「朝に就ての童話的構図」では「第百二十八聯隊の伝令!」という発言から少なくとも百二十八の聯隊に分かれているとわかる。「「ツェ」ねずみ」でも、アリの軍隊の一糸乱れぬ隊列について「蟻の兵隊は、もう金平糖のまはりに四重の非常線を張って、みんな黒いまさかりをふりかざしてゐます」とその勇ましい姿を描いている。彼らの強さは相当なもので、ツェは「蟻はまあ兵隊だし、強いから仕方もない」と評している。

彼らは社会性と武器を有し、大群でありながらその全体で一つの生物のように行動する。このような、軍隊のように統制が取れた組織的生物という設定は、アリ学の知識なしには描写できない。イーハトーブのアリたちは当時の最先端の動物観が反映された、最も近代的な生物なのである。

注

(1) 山根正気「ハチとアリの多様性」、杉浦直人/伊藤文紀/前田泰生編著『ハチとアリの自然史――本能の進化学』所収、北海道大学図書刊行会、二〇〇二年、二ページ

(2) 前掲『通俗伊蘇普物語』三〇ページ

(3) バルフィンチ『ギリシア・ローマ神話――伝説の時代』野上弥生子訳(岩波文庫)、岩波書店、一九四八年、一五八ページ

(4) 前掲『聖書 新共同訳』(旧)九九七ページ

(5) ギルバート・ワルドバウアー『虫と文明――蛍のドレス・王様のハチミツ酒・カイガラムシのレコード』屋代通子訳、築地書館、二〇一二年、三四ページ

(6) 瀬川千秋『中国 虫の奇聞録』(あじあブックス)、大修館書店、二〇一六年、八七ページ

(7) 同書八五ページ

(8) 前掲『本草綱目五二巻図三巻奇経八脈攷一巻脈訣攷証一巻瀕湖脈学一巻附本草万方鍼線八巻本草綱目拾遺一〇巻』

(9) 冨山房編輯部編『漢文大系』第八巻、冨山房、一九一一年、三二ページ

(10) 前掲『中国 虫の奇聞録』九二ページ

(11) 前掲『通俗伊蘇普物語』一五二ページ

(12) 『新編日本古典文学全集44 方丈記 徒然草 正法眼蔵随聞記 歎異抄』神田秀夫/永積安明/安良岡康作校注・訳、小学館、一九九五年、一四〇ページ

(13) 『新編日本古典文学全集64 仮名草子集』谷脇理史/岡雅彦/井上和人校注・訳、小学館、一九九九

年、五七ページ
(14) 前掲『新編日本古典文学全集18 枕草子』一〇〇ページ
(15) 小西正泰『虫の文化誌』朝日新聞社、一九七七年、八二ページ
(16) 前掲『新編日本古典文学全集18 枕草子』三六一―三六四ページ
(17)『故事俗信ことわざ大辞典 第二版』北村孝一監修、小学館、二〇一二年
(18) 前掲『日本大百科全書(ニッポニカ)』ジャパンナレッジ版［二〇二一年一月十七日アクセス］
(19) ゲーザ・サモシ『時間と空間の誕生――蛙からアインシュタインへ』松浦俊輔訳、青土社、一九八七年、三四ページ
(20) 寺山守「日本のアリ類研究の歴史」「埼玉動物研通信」二〇〇五年十二月号、埼玉県動物研究会、一九ページ
(21) 今井弘民著、遺伝学普及会編集委員会編『アリからのメッセージ』(ポピュラーサイエンス)、裳華房、一九八八年、三二ページ
(22) 働きアリの性別が定説になるまでには時間を要したようで、一九一七年に出版された『尋常小学理科教授資料集成』(渡辺千代吉/小関貞次、隆文館図書)には「働蟻は元来雌性なれども産卵の能なく専ら労働の任に当る」(七八七ページ)と記されているにもかかわらず、二六年に出版された進士織平『昆虫学講義 上巻(汎論)』(養賢堂)には幼虫が「兄弟姉妹」と記されている。イーハトーブの働きアリは「低い太い声」という描写や、当時の日本軍には男性だけが所属していたことからオスと推定できるが、これは生物学を無視した設定というわけではない。
(23) 石井重美『蟻の社会生活』大阪毎日新聞社、一九二四年、一五、六九、七〇―七一ページ
(24) ファブル『昆虫記』第二巻、椎名其二訳、叢文閣、一九二四年発行、一九二七年普及版、一八三―

一八四ページ
(25) Jean-Henri Fabre, *Souvenirs entomologiques: études sur l'instinct et les moeurs des insectes*, Série 2, Ch. Delagrave, 1879, p. 140.
(26) 岩田久二雄「「昆虫記」の日本昆虫学会にもたらした貢献」「生物科学」第五巻第二号、日本生物科学者協会、一九五三年、八五ページ
(27) 横山桐郎『蟻と蜂』(科学知識叢書)、科学知識普及会、一九二六年、六四ページ
(28) 茅沼保次『少国民の科学 蟻の生活』帝国出版、一九四四年、七五ページ
(29) 前掲『尋常小学理科教授資料集成』七八七ページ

第7章　カエル──迫害される芸術家

カエルが登場するイーハトーブ童話
「カイロ団長」「蛙のゴム靴」「寓話　洞熊学校を卒業した三人」「蜘蛛となめくぢと狸」「タネリはたしかにいちにち嚙んでゐたやうだった」「畑のへり」「〔若い木霊〕」（「ひのきとひなげし」）
「ひのきとひなげし」のカエルは悪魔が化けた姿のため、正確には登場していない。そのため登場話数としてカウントしていないが、きわめて重要なテクストであるため考察対象にした。

1　岩手県の夏と繁殖期

カエルは、北極・南極圏を除く全世界で生息が確認されている両生類無尾目の生物である。約三千種が確認され、両生類のなかでもっとも繁栄しているグループにあたる。

日本の文学史でカエルは重要な位置を占め、松尾芭蕉の「古池や　蛙飛びこむ　水の音」や、小林一茶の「痩せ蛙　負けるな一茶　これにあり」に代表される多くの和歌や俳句、詩、小説に登場してきた。和歌の景物としては特に重視され、紀貫之らによる『古今和歌集』(九〇五年ごろ)「仮名序」の一節「花に鳴く鶯、水に住む蛙の声を聞けば、生きとし生けるもの、いづれか歌をよまざりける」(1)はあまりにも有名だ。また、花札の絵札(図7―1)にも描かれている小野道風の、書の才に悩んでいたときにカエルが柳の枝に飛びつこうと何度も跳びはねる姿を見て、諦めずに努力することの大切さに気がついたという逸話にも多くの日本人が親しんでいる。日本に帰化したギリシャ生まれの文学者で作家・小泉八雲は次のように、日本人のカエル観の特異性を評している。

日本のカエルの歌ごえにも、やはり同じような異国情緒がある。(略)このうら寂しい歌は、何百年というあいだ、日本の歌人にとって、馴染ぶかい、得意の題目になってきたのであるが、それが古来、かれらにとっては単なる一つの自然現象として以上に、むしろ愉しいひびきとし

て心に訴えてきたと知ったら、西欧の読者はおそらく、へーえ、そんなものかなと、意外な心もちがするだろう。(2)

小泉八雲の目には、カエルに向ける日本人のまなざしはヨーロッパと比較して非常に温かいものと映ったようだ。では、そんなカエルはイーハトーブでどのようなキャラクターなのだろうか。

カエルが冬眠から覚めてその年初めて鳴くこと、もしくはその鳴き声を指す言葉に「初蛙」がある。これは春の季語で、カエルも春の季語とされている。貴族階級の歌人たちは、カエルの鳴き声に春の到来を感じていたようである。一方、民俗伝承にはカエルと田、米、餅との関連が目につく。例えば、佐々木喜善『聴耳草紙』の「七四番　猿の餅搗き（その二）」、関敬吾『日本昔話大成　動物

図7-1　柳に小野道風（八八花札、任天堂製、昭和後期）
（出典：「江戸時代〜昭和時代 伝統の花札一覧」日本かるた文化館〔https://japanplayingcardmuseum.com/img/hachihachi-hanafuda-showa042.pdf〕［2024年12月6日アクセス］）

昔話』の「二一　猿と蟇の餅泥棒」、「二二　猿と蟇の寄合田」などにカエルが登場する。

　碓井益雄は、『古事記』「少名毘古那神の条」を挙げ、「ここに登場するタニグクつまりヒキガエルや案山子は共に水田に関係があり、ヒキガエルは田の神の使者と信じられていたようである」(3)と指摘する。

　故《かれ》、大国主神《おほくにぬしのかみ》、出雲《いづも》の御大《みほ》の御前《みさき》に坐《いま》す時《とき》に、波の穂《ほ》より、天《あめ》の羅摩《かがみ》の船《ふね》に乗りて、鵝《かり》の皮《かは》を内剝《うつは》ぎに剝《は》ぎて、衣服《ころも》と為《し》て、帰《よ》り来る神有り。爾《しか》くして、其《そ》の名《な》を問へども、答《こた》へず。且《また》、従へる諸《もろもろ》の神に問へども、皆、「知らず」と白《まを》しき。爾《しか》くして、たにぐくが白《まを》して言はく、「此《これ》は、久延毘古《くえびこ》、必ず知りたらむ」といふに、即《すなわ》ち久延毘古を召して問ひし時に、答へて白《まを》しく、「此《これ》は、神産巣日神《かむむすひのかみ》の御子《みこ》、少名毘古那神《すくなびこなのかみ》ぞ」とまをしき。

［現代語訳］

さて、大国主神が出雲の御大の岬にいらっしゃる時に、波頭を伝って、天のガガイモの船に乗り、鵝の皮を丸剝ぎに剝いで着物にして、近づいて来る神がいた。そこで、その名を尋ねたが答えない。また、大国主神に従う諸々の神に問いただしたが、皆「知らない」と申した。そこでヒキガエルが申して、「これは、久延毘古がきっと知っているでしょう」と言うので、ただちに久延毘古を呼んで尋ねた時に、久延毘古は答えて、「これは、神産巣日神の御子、少名毘古那神です」と申した。(4)

また、『日本昔話大成　動物昔話』「二〇　猿蟹餅競争」のうち福島県双葉郡で収集された話には、「十月十日の蛙の餅の由来」という解説がつけられている。蛙の餅というのは、一部の地方で伝わる俗信である。碓井益雄によると「地方によって、秋の刈り上げ祭り、つまり稲の収穫祭りに、餅をついて神棚に供え、田の神を祭るが、蛙は田の神の使いとしてこの餅を背負って行くといわれている。また、案山子は、豊饒をもたらす田の神の依坐とみなし、収穫のあと、案山子を田から引き揚げる「案山子あげ」の祭に、案山子に餅を供えるが、その餅を蛙が背負ってお供をするという地方もある」(5)という。つまり、民俗伝承でカエルは秋のイメージを内包しているのである。

イーハトーブ童話では、春の訪れがテーマである「若い木霊」と、その改作である「タネリはたしかにいちにち嚙んでゐたやうだった」に、啓蟄とばかりに土から這い出してきたヒキガエルが登場する。啓蟄とは、二十四節気の一つで三月五日ごろを指す。春の訪れに気がついた虫やヘビ、カエルが土から顔を出すことに由来している。だが、これを除く六つのテクストはすべて、季節は春でも秋でもなく、夏で統一されている。このうち「カイロ団長」と、「蜘蛛となめくぢと狸」「寓話　洞熊学校を卒業した三人」（以下、「洞熊学校」）に登場するカエルはアマガエルである。アマガエルは雨乞いをするという俗信があり、長雨の季節を連想させる景物として夏の季語とされている。だが、「蛙のゴム靴」「畑のへり」のカエル、そして「ひのきとひなげし」の悪魔が化けたカエルは、種別についてあえて言及されていないただのカエルである。この三つのテクストもそろって夏が舞台ということは、イーハトーブのカエルは夏の動物として意図的に描かれているということになる。

なぜ、イーハトーブではカエルの季節が夏なのか。この理由は岩手県内のカエルの繁殖時期にある。

カエルが鳴き声を上げるのは繁殖のためである。『日本のカエル』(6)で日本に生息するカエルの繁殖時期を調べると、その多くは春先から初夏にかけての長い期間にわたっている。したがって、カエルの鳴き声がよく聞こえるのは春ということになり、俳句では春の季語になった。だが、「いわてレッドデータブック――岩手の希少な野生生物 web 版」(7)によると、トノサマガエルは五月末から六月、カジカガエルは五月下旬から八月に繁殖期を迎える。つまり緯度が高い岩手県では、カエルの繁殖期が、温暖な地域よりも一カ月程度後ろ倒しになっている。したがって、「ドリームランドとしての日本岩手県」イーハトーブでは、カエルの物語はその存在感を最も強烈に主張する夏に始まるのだ。

2　避けられたヒキガエル

カエルには不思議な力がある、という観念は世界共通で、古来、多くの伝承が生み出されてきた。J・K・ローリング『ハリー・ポッターと賢者の石』(*Harry Potter and the philosopher's stone*, Bloomsbury, 1997)では、魔法学校への入学に必要なもののリストに「Students may also bring an owl OR a cat OR a toad(ふくろう、または猫、またはヒキガエルを持ってきてもよい)」と書かれ、フクロウ、ネコとともにヒキガエルの持ち込みが許可されている。これは、ヨーロッパで魔女の使い魔とされる動物のなかにカエルが含まれることに由来する。また、碓井益雄は、カエルには魔女の使い魔としての側面のほかに毒薬・媚薬の原料としての側面もあり、「魔女の集会（サバト）では舞踊・饗宴・乱交などが行なわれ、性行為が大きな関心事だった。そこでいろいろな媚薬が作られたが、中にはコウモリの血、猫の脳、クモ、蛙といった異様な原料に、諸種の薬草をまぜ合わせるというようなものもある」[8]と指摘する。さらにヨーロッパでは古くから、ヒキガエルの頭には宝石があると考えられ、それをヒキガエル石（toad stone あるいは bufonite）と呼んでいた。この石には毒探知の機能があり、指輪にしてはめておけば、毒に近づくと石が汗をかいて色が変化するのでわかるとされている。

　中国でも、カエルに霊性があるということはかなり長く信じられていたようだ。渤海《ぼっかい》の劉海蟾《りゅうかいせん》という人が蝦蟇仙人と呼ばれていたとする伝承があるほか、李時珍の『本草綱目』には葛洪《かっこう》『抱朴子』（三一七年ごろ）にいわくとして、「蟾蜍千歳頭上有角腹下丹書名曰肉芝能食山精人得食之可仙術家取用以起霧祈雨辟兵解縛」[9]（千歳を超えたヒキガエルは頭上に角をもち、腹の下には古い呪術書がある。このヒキガエルは肉芝《にくし》といい、よく山の精を食べる。人間がこれを食べることで仙人になることができるため、仙術家はこれを用いて、霧を起こし、雨を祈り、兵を辟け、縛を解く〔日本語訳は引用者〕）と説明されている。

　日本でカエルの妖力といえば児雷也である。児雷也は、江戸時代末期の読本や歌舞伎に登場する義賊で、彼はヒキガエルの妖術使いである。物語は児雷也と、敵対する悪役でヘビの妖賊・大蛇丸、そして児雷也を助けるナメクジの術使いの女・綱手という三すくみの関係を主軸に展開されていく（図7―2）。三すくみとは、ヘビはナメクジに負け、ナメクジはカエルに負け、カエルはヘビに負

図7-2　歌川国貞「八世市川団十郎の児雷也と三世岩井粂三郎の田舎娘お綱」（出典：『原色浮世絵大百科事典』第4巻、日本浮世絵協会、大修館書店、1981年、82ページ）

けるというセオリーのことで、イーハトーブ童話でもこのルールに則して「蜘蛛となめくぢと狸」「洞熊学校」のナメクジはカエルに食べられる。

このように、カエルと妖力の関係については多くの伝説や物語が存在するが、それらはすべてヒキガエルに限定されたものである。碓井益雄は「ヒキガエル（蝦蟇）は他の蛙の仲間にくらべて姿かたちが醜怪の感を与えるところから、古来とかく妖異な性格をそなえるものとみなされがちだった[10]」と指摘する。たしかに、図7―3で比較してみると、ヒキガエルはずっしりとした見た目で、顔つきも性格が悪そうに見えなくもない。ヒキガエルは特別なカエルとして日本で古くから認知されていたようだ。

だが、イーハトーブのカエルたちに視線を転じてみると、ヒキガエルはほとんど登場していない。前述のとおり、ヒキガエルが登場するテクストは「〔若い木霊〕」と、その改作である「タネリはたしかにいちにち噛んでゐたやうだった」だけであり、これ以外の六つのテクストではヒキガエルは登場しない。これは三すくみと同様、セオリーへの意識がはたらいているといえる。つまり、イーハトーブのカエルは妖力をもたないのである。テクストのカエルがヒキガエルになると、そこには妖力が発生してしまう。「〔若い木霊〕」「タネリはたしかにいちにち噛んでゐたやうだった」のヒキガエルは、植物よりも先に春の訪れを直感した生き物として登場するため、そこには妖力が予感される。だが、ほかの六テクストでは、ヒキガエルが登場してしまうとストーリー展開のなかで雑音になる。だからヒキガエルは避けられたのだ。

図7-3　ヒキガエルとカエル
（出典：松井正文著、関慎太郎写真『日本のカエル——分類と生活史：全種の生態、卵、オタマジャクシ』〔ネイチャーウォッチングガイドブック〕、誠文堂新光社、2016年、15ページ）

3　醜い嫌われ者

カエルが妖力によってヒトに化けるという民俗伝承は世界中でみられる。『日本昔話大成』にも、ヘビに食べられそうになっているカエルを助けてやった男のもとにきれいな女性に化けたカエルが嫁ぐ「一一一　蛙女房」がある。これとは逆に、ヒトが呪いによってカエルになる話もある。しかし、これは不幸な出来事であり、話のクライマックスで呪いが解けてカエルがヒトに戻るのが定番だが、それは美人と相場が決まっている。つまり、カエルは究極的に醜い存在として描かれ、ヒトの美しさを際立たせるために登場しているのだ。

グリム童話「蛙の王様、あるいは鉄のハインリヒ」はその最たる例といえるだろう。金の毬を投げて遊ぶ姫が、うっかり泉に毬を落とす。するとカエルが現れて、毬を取ってくるかわりに、お城に自分を連れていって一緒に暮らさせてほしいと言う。姫は口先で了承するが、当然その約束を守るわけもなく、毬をひったくって逃げてしまう。すると、次の日になってカエルが城を訪ねてくる。事情を知った王様によって、カエルと姫の約束は果たされることになった。だが姫にとって、一緒に食事を取りたい、一緒のベッドで寝たいというカエルの要求は耐えがたく、とうとう姫はカエルを投げ捨てる。すると、カエルは美しい王子に変わる。カエルは王子が魔女によって変えられた姿だったのだ。姫は王子と結婚し、物語はハッピーエンドを迎える。

日本で一九二一年に翻訳本として出版された『世界童話選』第一編に収録されている「蛙の王様」には、「お姫様が声のする方を振り返つて見ますと、其処には醜い蛙が水の中から肥つた頭を、ひょこんと出してゐるのが目に入りました[11]」とカエルには醜いという修飾がされている。これは原語のドイツ語でも同様の表現で、ドイツでもカエルは醜い生き物と見なされているとわかる。

Sie sah sich um,woher die Stimme käme,da erblickte sie einen Frosch, der seinen dicken häßlichen Kopf aus dem Wasser streckte.(12)

［日本語訳］

彼女は声がどこから聞こえてくるのか周りを見回し、太くて醜い頭を水から突き出しているカエルを見つけました。

（下線と日本語訳は引用者）

アンデルセン童話「親指姫」（図7―4）では、小さなかわいらしい親指姫が、醜い生き物たちと二度も無理やり結婚させられそうになるが、その一度目の相手は醜いカエルである。

図7-4　ハンス・クリスチャン・アンデルセン、スベン・オットー絵『おやゆびひめ』乾侑美子訳、童話館出版、1996年

En nat, som hun lå i sin smukke seng, kom der en hæslig skrubtudse hoppende ind ad vinduet; der var en rude itu. Skrubtudsen var så styg, stor og våd, den hoppende lige ned på bordet, hvor Tommelise lå og sov under det røde rosenblad.(13)

［日本語訳］

ある夜、彼女が美しいベッドに横になっていると、失礼なことに、恐ろしいヒキガエルが窓から跳ね

て入ってきました。
ヒキガエルはとても醜く、大きくて濡れていて、親指姫が赤いバラの花びらの下で寝ている
テーブルの上で跳ね返っていました。
（下線と日本語訳は引用者）

では、日本ではカエルはどのように考えられていたのだろうか。小泉八雲は日本のカエル表象について次のように考察し、ヨーロッパでは気持ち悪い生物とされているカエルを美しいと感じる日本独特の美的感覚を称賛している。

ふしぎに思われるのは、何百という数のカエルの句が集められたなかに、カエルの冷たさや肌の濡れたさまを詠んだ句が、一句も見あたらなかったことである。（略）この生きもののおぞましい点を詠んだ句は、たった一句しかなかった。（略）日本人は、われわれが盲目的に醜悪なもの、ぶざまなもの、厭うべきものと考えているものに――たとえば昆虫とか、石くれとか、カエルとか、そういうものに「美」を発見しているのである。(14)

だが、実際に調べてみると、日本人もカエルを醜い生物と考えていたことを示す事例がいくつもある。小泉八雲の調査対象は俳句に限定されているので、醜いことをわざわざ歌うものが見つからないのはむしろ当然だといえる。日本への異国情緒を期待する小泉八雲のまなざしが、こうした調査の偏りを生んだのかもしれない。

例えば『日本昔話大成 本格昔話』には、カエル＝醜いという方程式が通念化していたことを示す話型「二〇九 姥皮《ばばかわ》」がある。これは全国に分布する民俗伝承で、蛙報恩譚であることが多い。ピンチに陥った主人公のもとにカエルがやってくる。このカエルはかつて主人公に助けられた経験があり、その恩返しに主人公を助ける、というのが話の大筋である。カエルは主人公を助けるためにあるアイテムを差し出すのだが、これが姥皮――醜いお婆さんの皮なのである。この皮は、カエル自身の皮とする話もあれば、ただ姥皮とだけ描写される話もあるが、岩手県九戸郡で収集された話では、姥皮をかぶった娘がヒキガエルに見間違われるという内容になっている。

イーハトーブでもカエルは醜い生き物とされている。「畑のへり〔初期形〕」では、カエルはトウモロコシの娘たちから「あらいやだ。あんなきたない、口の大きなやつが私らの仲間だなんて」と嫌われるし、「よだかの星」の醜いヨタカは「かへるの親類か何か」と揶揄される。カエルはイーハトーブで肩身が狭い思いをしているようだ。

興味深いのは、「畑のへり〔初期形〕」では植物であるトウモロコシから不承不承ながらも仲間と呼ばれているが、「カイロ団長」では「王様」を頂点に置く虫社会に所属することが示されている点である。彼らは虫の仲間たちと関わりながら暮らしているようだ。カエルは両生類だし、昆虫たちと似た外見をしているわけでもない。だが、中国ではカエルは虫とされていた。そのため漢字では虫に圭と書く。『本草綱目』でもカエルは虫部に分類されている。日本でもカエルは長く虫として扱われ、明治時代の教科書である『尋常小学読本』には、虫の仲間として次の十三種類が挙げてある。

だい十六（同上）

むし　ハ　てふ。はち。とんぼ。くも。あり。へび。かへる。はへ。ほたる。まつむし。す

ずむし。きりぎりす。こほろぎ。(15)

こうした時代背景を考えると、イーハトーブでカエルが虫社会に属することは当然といえる。だが、クマやフクロウのように、カエルが登場するテクストから虫社会の全容を読み取ることはきわめて難しい。これは、カエルが関わる虫がアリに限定されるためである。「カイロ団長」では人気の造園職人として忙しく働くアマガエルたちだが、トノサマガエルの家来になった彼らに手を差し伸べるのはアリだけだ。また、その忙しい仕事についても、「いそがしければいそがしいほど、みんなは自分たちが立派な人になったやうな気がして、もう大よろこびでした」という表現は、「林の底」で、自分の話に付き合ってくれる「私」に「とんびの染屋」を意気揚々と語るフクロウの姿を彷彿とさせる。「畑のへり〔初期形〕」でカエルに親切にするのもアリだけで、トウモロコシの娘たちはカエルに対して冷淡である。

カエルは虫を捕食する生物だから、虫がカエルを嫌悪することは当然かもしれない。だが、その忌避感は捕食者に対する畏怖ではなく、侮蔑として表出している。それはなぜなのか。

その理由は「ひのきとひなげし」に求めることができる。登場人物である悪魔は、ヒナゲシをだましてアヘンを手に入れようと画策し、カエルに化ける。悪魔にとってカエルは、ヒナゲシをだま

すために、次の三つの点で非常に都合がいい存在だったからだ。

一つ目の理由は、カエルが、悪魔が最も力を増す逢魔が時——つまり夕暮れに活動を開始する生物だという点にある。カエルは夕方ごろから動きだす夜行性で、月の支配下で生きる生物である。これは「蛙のゴム靴」のカエルたちにも当てはまる。また「畑のへり」も、明確に時間がわかる描写はみられないものの、前日（あるいは何日か前）と違う畑の様子に気がついたカエルがトウモロコシをカマジン国の兵隊の侵攻と勘違いし、「かあいさうに、麻はもうみんな食はれてしまった。みんなまっすぐな、いい若い者だったのになあ」と嘆く描写があり、アサが刈り取られた日が舞台になっている。農作業が終わった夕方の出来事なのだろう。

二つ目の理由は、カエルが醜い点である。悪魔が化けたカエルの紳士は自分の弟子が化けた「新月よりもけだかいばら娘」を連れて現れる。この娘は「美容術」によって美しくなったカエルの娘という設定である。つまり、醜い父親と、彼に似ても似つかない美しい娘を並べることによって、ヒナゲシたちに「美容術」を信じさせようとしたのである。話の信憑性を高めるために、紳士には醜い外見が必要だった。

そして三つ目は、カエルの目と声にある。「林の底」で、フクロウの容姿に説得力があると評価する「私」は、その特徴としてどっしりした声と大きく開いた目を挙げている。これはカエルにもそのまま当てはまる。カエルがいい声をしていることは、「カイロ団長」でトノサマガエルが「みんなの来たのを見て途方もないいゝ声で云ひました」と描写されている点にも示されている。悪魔にとってカエルは、詐欺におあつらえ向きの虫だったのだ。

詐欺師にとって都合がいい容姿ということは、他者に警戒心を抱かせず信用を得やすい容姿ということである。したがって、カエルの外見は虫たちにとって恐ろしいものではなかった。このような事情から、カエルへの忌避感は侮蔑として表出することになる。カエルは、その容姿が原因で虫社会から爪はじきにされているのだ。

4 陰を代表する虫

「ひのきとひなげし」で、ヒナゲシが悪魔に対価として差し出そうとするのはアヘンだが、実際にはヒナゲシからアヘンは採れない。アヘンが抽出可能な種は、ケシ科のうち学名にPapaver somniferumとつくものに限られる。一方、ヒナゲシは現代では一般的にポピーもしくはコクリコと呼ばれ、日本でもいたるところで見られる花だ（図7―5）。

ではなぜ、あえてヒナゲシが登場したのか。その理由は、ヒナゲシの中国名・虞美人草にあるのではないか。堀尾実善『理科伝説物語』では「二四、虞美人草の伝説」を次のように語っている。

あの美しい虞美人草、初夏にやさしく咲き出づる虞美人草に一場の哀れな物語があります。むかし、支那に項羽といふ、えらい将軍がゐました。垓下の戦で、かの有名な漢の高祖のために、打破られやうやく、敵の囲をのがれて、わが城へと帰つて来て、自分の最愛の妃虞美人を

其側近くよびよせて

「虞や虞や、我は戦に負けて最早、運命もきはまつた。……………………どうしたものだらう。」

といつて、共にかなしんだ。虞美人はこの言葉をきいて、とても、救かる途もないと思ひ、あはれにも、潔く自刃して相果てました。其後、虞美人の亡骸を埋めた塚の上には、紅色の美しい、たをやかな花が咲き出ました。人々は、その花を、虞美人のかたみに、虞美人草と呼んだのであります。(16)

ヒナゲシは、美しい花として、そして悲劇的な結末に向けて進む登場人物として最適だったのである。

図7-5　ヒナゲシ
(出典：前掲『日本大百科全書（ニッポニカ)』ジャパンナレッジ版［2024年1月23日アクセス］)

さて、アヘン、虞美人草と、中国を連想させるキーワードがテクストに関係していることがわかったが、これが最も顕著なのは「カイロ団長」であり、そのモチーフは明らかにアヘン戦争である。アヘン戦争は、一八四〇年から四二年にかけて中国（清）とイギリスの間で起こった戦争で、これをきっかけに中国はイギリスの半植民地になっていく。イギリスの東インド会社によって持ち込まれたアヘンは、中国国内で瞬く間に、そして爆発的に中毒者を生み出した。アヘン貿易で大量の銀がイギリスに流出し、中国は経済的に大打撃を受けることになる。逼迫した経済は農民の生活を直撃し、民衆の反乱が増加した。この事態の鎮静化を図るために抜擢された林則徐が、イギリス商人によって持ち込まれたアヘン二万箱以上を破壊したことで戦争の幕が切って落とされた。とはいえ、イスラエル・エプスタインの「イギリス勢は約五百の兵を失い、満州＝中国軍は二万人を失った[17]」という指摘を踏まえると、戦争というより虐殺に近いものだったと考えられる。

「カイロ団長」でアマガエルが中毒になるものは「舶来」のウイスキーだが、このようなアヘンの置き換えはほかのテクストにもみられる。戯曲「飢餓陣営」のバナナン大将が受けた勲章の由来を説明する場面で、「支那戦のニコチン戦役」という表現が登場する。これはアヘン戦争をもじったものである。

トノサマガエルの、中毒者の生産→経済の圧迫→圧倒的武力による制圧→奴隷化というやり口は、アヘン戦争に酷似している。さらに、トノサマガエルが店を開いたのは、桃源郷などの伝説を生んだ中国原産の植物であるモモの木の根元である。

「ウーイ。これはどうもひどいもんだ。腹がやけるやうだ。ウーイ。おい、みんな、これはきたいなもんだよ。咽喉へはいると急に熱くなるんだ。あゝ、いゝ気分だ。もう一杯下さいませんか。」

「はいはい。こちらが一ぺんすんでからさしあげます。」「こっちへも早く下さい。」「はいはい。お声の順にさしあげます。さあ、これはあなた。」「いやありがたう、ウーイ。ウフッ、ウウ、どうもうまいもんだ。」「こっちへも早く下さい。」「はい、これはあなたです。」「ウウイ。」「おいもう一杯お呉れ。」「こっちへ早くよ。」「もう一杯早く。」「へい、へい。どうぞお急きにならないで下さい。折角、はかったのがこぼれますから。へいと、これはあなた。」「いや、ありがたう、ウーイ、ケホン、ケホン、ウーイうまいね。どうも。」さてこんな工合で、あまがへるはお代りお代りで、沢山お酒を呑みましたが、呑めば呑むほどもっと呑みたくなります。（略）「おいもう一杯おくれ。」「も一杯お呉れったらよう。早くよう。」「さあ、早くお呉れよう。」「へいへい。あなたさまはもう三百二杯目でございますがよろしうございますか。」「いゝよう。お呉れったらお呉れよう。」「へいへい。よければさし上げます。さあ、」「ウーイ、うまい。」「おい、早くこっちへもお呉れ。」

アマガエルたちがウイスキーに夢中になる場面は、「　」でそれぞれの発言が区切られてはいるが改行はない。この畳みかける描写には、中毒者の狂気が表れているのだ。

ではなぜ、イーハトーブのカエルには中国のイメージが色濃く表れているのだろうか。ここには、イーハトーブを構成する重要な要素である陰陽説が深く関係している。

中国では古来、カエルはウサギとともに月に住んでいるとされる動物である。このカエルの手足の合計は四本だったが、時代が下るとともに三本に変化していく。碓井益雄は、「澤田瑞穂氏や

『中国の妖怪』（岩波新書、一九八三年）などの著書もある中野美代子氏に教示を仰いだ」として、カエルの足が三本になった理由を次のように述べている。

中野氏によると、陽の代表的存在である太陽中の烏の足は陽数でなければならぬというわけで、二本足から三本足になった。そしてこの段階では、陰の代表である月（大陰）の中の蟾蜍の足が陰数である四本であったことは、むしろ筋が通っていたともいえる。しかし時代が下るとともに、その根拠がうすれて、聖なる動物の足は陽数であるべきだという別の規範意識が生まれて、三本足の蛙というものが考えられるようになったのではないかという。清代の書物では、三脚蝦蟇は月中にだけすむものとして、捜し求めようがない喩えにされているようである。(18)

この三という数字にも意味があり、碓井は、「九は聖数であり、その九は三に三を掛けたものなので、三も貴ばれ、神秘的な数とみなされる。しかも参（三）は三つという数だけでなく、多数を意味するので、三は五よりも多いともいえる。以上のようなわけで、三足の動物が霊性のあるものとみなされるようになる」(19)と澤田と中野の見解をまとめている。カエルは陰の代表とされながら、三という神秘的な数字と深く関係する特異な生物なのだ。この三本足のカエルは蝦蟇仙人の伝説も生んでいる。蝦蟇仙人は三本足のカエルをもつ仙人で、妖術を操るとされている。

イーハトーブ童話のカエルのテクストにも、三は何度も登場する。「カイロ団長」には「三十疋のあまがへる」が登場し、トノサマガエルの力は「三十がへる力」であり、アマガエルが一匹あたり集めてこなければならない木の数は「三十三本三分三厘強」。そして、目を回したアマガエルが見上げた太陽は「三角になってくるりくるりとうごいてゐるやうに見え」る。「ひのきとひなげし」で悪魔が使う薬も「三服」であり、「蛙のゴム靴」の主人公たちも三匹のカエルなのである。イーハトーブのカエルは虫社会で陰を代表するキャラクターという役割を担っているため、陰陽説を踏襲して造形されているのだ。

5　独自の視点で世界を見る

松井正文が『両生類の進化』で挙げる無尾目の特徴は十三項目に及ぶ[20]が、そのうちの一つに、眼が大きいという点が挙げられている。頭の上に飛び出た大きな眼は、カエルの大きな外見的特徴である。

擬人化されたカエルについて語るとき絶対に外すことができない『鳥獣戯画』では、二足歩行のカエルの目は頭部についていながら前方を向いている（図7―6）。この姿に基づけばカエルの首が発達しているようだが、実際のカエルは首が発達していないため、頭部だけ上下左右に動かすことはできない。『日本昔話大成 笑話』には、これに着目した「三〇八　京の蛙大阪の蛙」という話型がある。京都から大阪見物に向かうカエルと、大阪から京都見物に向かうカエルが、ちょうど県境にある山の頂上で行き合った。二匹はこれから向かう場所を一緒に立ち上がって見てみることに

図7-6 『高山寺蔵鳥羽僧正鳥獣戯画』（部分）
（出典：燦陽会編『高山寺蔵鳥羽僧正鳥獣戯画』燦陽会、1926年）

する。だが、見えた景色は故郷にそっくりで、何も目新しいものがない。そこで二匹は、旅の必要なしと判断して故郷に帰っていく。なぜそんなことになったのか。実は、カエルの目は頭についているので、二足で立ち上がると目が背中を向いてしまう。立ち上がったカエルたちは自分の故郷を見ていたのだった、という滑稽話だ。地域によって、カエルが向かう場所は箱根と江戸だったり、網場と長崎だったりと様々だが、背中についた目のせいで勘違いをしたカエルが旅をやめる、という部分は共通している。また、日本にはカエルの視野に関することわざも多い。「蛙の頬冠り（蛙のほっかむり）」はその典型で、カエルがほっかむりをすると頭の上についた目がふさがってしまうことから、視野が狭いことを表すことわざである。また「井の中の蛙大海を知らず」も、視野の狭さを諭すことわざとして有名だ。カエルは大きな目をしているにもかかわらず、その目は信用されていないようだ。

イーハトーブでも、カエルは独自の視点を有している。だが、カエルが見る世界の形態――〈世界像〉は否定されず、ほかの動物にはない個性として魅力的に描かれている。

「畑のへり」に登場する二匹のカエルは、遠眼鏡まで使っているにもかかわらず、ヒトとは全く違う形で他者を認識している。トウモロコシは「カマジン国の兵隊がたうたうやって来た。みんな二ひきか三びきぐらゐ［　］幽霊をわきにかかえてる。その幽霊は歯が七十枚あるぞ」と、恐ろしい「へんな動物」に見える。ウサギは「耳が天までとゞいてゐる」し、ブタは「鼻がらっぱになってゐる。口の中にはとんぼのやうなすきとほった羽が十枚ある」。ヒトに至っては「頭の上の方に十六本の手がついてゐる」「おれには五本ばかりしか見えないよ」とめちゃくちゃで、読者からすれば、カエルの視点は全く信用ならないと思えてしまう。西田良子は、「肉眼以上によく見える望遠鏡も、時には、ある一部分だけを拡大しすぎて全体がわからなくなり、却ってものの本当の姿を見誤ることもある。遠めがねで見て驚いた「畑のへり」の蛙が、まさにそれである」[21]と、その原因を遠眼鏡による拡大に求める。しかし、同じヒトを同じ遠眼鏡で見ているカエル同士で意見が食い違っているのだから、カエルの視点のほうがヒトとは違うのだ。

しかし、ヒトからすればナンセンスでしかないカエルの視点は、イーハトーブのテクストでは決して否定されない。その証拠に、このテクストの初期形では二匹目の登場人物はアリだったが、草稿の最終形態までにカエルに変更されている。アリは、すでに前章でみたとおり真実を見る目をもつ虫である。アリが登場すれば、カエルの世界像は否定されることになる。カエルの世界像を肯定するために、アリはキャスト変更を余儀なくされたのである。

こうしたカエル独自の世界像は、ほかのテクストでものびのびと展開されている。「〔若い木霊」」のヒキガエルは、空の色を次のように表現する。

　鴾の火だ。鴾の火だ。もう空だって碧くはないんだ。
　桃色のペラペラの寒天でできてゐるんだ。

　この空の変容は「タネリはたしかにいちにち噛んでゐたやうだった」になっても変更されず、それどころか、ヒトであるタネリによって否定されることで、カエルの独自性が強調されている。

　　（どうだい、おれの頭のうへは。
　　いつから、こんな、
　　ぺらぺら赤い火になったらう。）
　「火なんか燃えてない。」タネリは、こわごわ云ひました。蟇は、やっぱりのそのそ這ひながら、
　　（そこらはみんな、桃いろをした木耳だ。
　　ぜんたい、いつから、
　　こんなにぺらぺらしだしたのだらう。）といってゐます。

　また、「蛙のゴム靴」では、カエルの趣味が雲見であることや、どんな形の雲をより美しいと感

じるのかなど、独自の美的感覚について詳しく描写されている。

一体蛙どもは、みんな、夏の雲の峯を見ることが大すきです。（略）誰の目にも立派に見えますが、蛙どもには殊にそれが見事なのです。眺めても眺めても厭きないのです。（略）

雲のみねはだんだんペネタ形になって参りました。ペネタ形といふのは、蛙どもでは大へん高尚なものになってゐます。平たいことなのです。

ここには、本書の第2章でツキノワグマが猟師の小十郎の葬儀をおこなう場面でも指摘した、登場人物たちの間にある「断絶」[22]の許容と賛美がある。つまり、世界は見るものによって姿を変えるのだ。同じ景色を見ていてもヒトによって注目する場所が違うように、昆虫やイヌに識別できる色がヒトとは違うように、世界像とは生き物の数だけあり、そこには正解も間違いもない。イーハトーブのカエルは何ものにもとらわれず、自身の美学を貫いているのだ。

カエルは理不尽にも、詐欺師に適した醜い容姿に生まれたという理由で、虫社会からのけ者にされている哀れな生物だ。だが、醜さを象徴する大きな目は、カエルが劣っていることを示すものではなく、新しい世界を読者に見せる大事な器官としてはたらいている。彼らはイーハトーブの美しさを伝える芸術家なのである。

注

（1）『新編日本古典文学全集11 古今和歌集』小沢正夫／松田成穂校注・訳、小学館、一九九四年、一七ページ

（2）小泉八雲「カエル」『仏の畑の落穂・異国風物と回想』平井呈一訳、恒文社、一九六四年、三七七—三七八ページ

（3）碓井益雄『蛙』（ものと人間の文化史）、法政大学出版局、一九八九年、二二ページ

（4）前掲『新編日本古典文学全集1 古事記』九四ページ

（5）前掲『蛙』二六七ページ

（6）松井正文著、関慎太郎写真『日本のカエル——分類と生活史：全種の生態、卵、オタマジャクシ』（ネイチャーウォッチングガイドブック）、誠文堂新光社、二〇一六年

（7）岩手県環境生活部自然保護課「いわてレッドデータブック——岩手の希少な野生生物 web版」（https://www2.pref.iwate.jp/~hp0316/rd/rdb/）［二〇二一年一月十七日アクセス］

（8）前掲『蛙』二九六ページ

（9）前掲『本草綱目五二巻図三巻奇経八脈攷一巻脈訣攷証一巻瀕湖脈学一巻附本草万方鍼線八巻本草綱目拾遺一〇巻』

（10）前掲『蛙』二六二ページ

（11）『世界童話選』第一編、福光美規訳、表現社、一九二一年、三ページ

（12）Brüder Grimm, *Der Froschkönig, oder, Der eiserne Heinric*, Nord-Süd Verlag, 1998.

（13）H. C. Andersen, *Tommelise*, Bierman & Bierman, 1975.

(14) 前掲「カエル」三八八―三九〇ページ
(15) 飯田直丞編『尋常小学読本』第一巻、文学社、一八八六年
(16) 堀尾実善「二四、虞美人草の伝説」『理科伝説物語』文化書房、一九三一年、五九―六〇ページ
(17) イスラエル・エプスタイン『アヘン戦争から解放まで――新中国誕生の歴史』能智修弥訳、新読書社、二〇〇二年、一六ページ
(18) 前掲『蛙』二六二ページ
(19) 同書二六一ページ
(20) 松井正文『両生類の進化』東京大学出版会、一九九六年、五六ページ
(21) 西田良子「〈テクスト評釈〉畑のへり」「国文学――解釈と教材の研究」一九八六年五月臨時号、学燈社、一〇〇ページ
(22) 前掲「断絶と饒舌」三四ページ

第8章　ネコ——世界を泳ぐ自由なもの

ネコが登場するイーハトーブ童話
「寓話　猫の事務所　……ある小さな官衙に関する幻想……」「寓話　洞熊学校を卒業した三人」「蜘蛛となめくぢと狸」「クンねずみ」「セロ弾きのゴーシュ」「注文の多い料理店」「鳥箱先生とフゥねずみ」「どんぐりと山猫」

1　山猫と飼いネコ

ネコは、イヌとともにコンパニオンアニマルの代表格に位置する哺乳類で、日本には八世紀ごろに中国から輸入されたという。ネコの最も古い記録は宇多天皇が在位中に記したとされる日記『寛《かん》平《ぴょう》御記《ぎょき》』（平安時代前期ごろ）の寛平元年二月六日のくだりである。光孝天皇に献上された全身が墨のように黒いネコは、数日間愛玩されたあと宇多天皇に下賜され、宇多天皇はそれから五年の間、大事に養ったと記録されている。

ずっと時代が下り、江戸時代になると様々な浮世絵師がネコを描いた。特に有名な作品は、歌川国芳による『其まま地口・猫飼好《みょうかいこう》五十三疋』（図8―1）だろう。これは歌川広重による「東海道五十三次」の宿場をネコのだじゃれに置き換えた戯画で、大判三枚続きの浮世絵である。

ヒトは長い共生の歴史のなかで、ネコに対し、魔女の使い魔や妖力をもつ猫股などの不気味なイメージをはじめ、ルイス・キャロルの『不思議の国のアリス』のチェシャ猫や『長靴をはいた猫』、夏目漱石『吾輩は猫である』のコミカルなイメージなど、様々な顔を見いだしてきた。では、そんなネコはイーハトーブでどんなキャラクターなのだろうか。

ネコが登場するイーハトーブ童話といえば、「注文の多い料理店」「どんぐりと山猫」がすぐに思い浮かぶ。これらは生前に唯一刊行された童話集『注文の多い料理店』に収録されたテクストで、前者は本のタイトルに採用され、後者は童話集の冒頭に配置されている。いわばイーハトーブ童話の看板であり、これまで多くの読者に愛されてきた。この二つのテクストに登場するネコはどちらも山猫だが、彼らは生物学上の分類でのヤマネコとは違う。彼らは日本の民俗伝承における山猫に近い存在である。

図8-1　歌川国芳『其まま地口・猫飼好五十三疋 上』（伊場屋仙三郎版、1848年ごろ）
（出典：稲垣進一／悳俊彦編著『国芳の狂画』東京書籍、1991年）

まず、生物学でのヤマネコについて述べるが、これはヨーロッパヤマネコ、ベンガルヤマネコなどを一括したグループを指す言葉である。日本に生息するヤマネコは、イリオモテヤマネコとツシマヤマネコで、その名のとおり西表島と対馬に棲む。したがって、全国に分布する民俗伝承のネコは、すべてイエネコ（われわれが普段よく目にするネコのことで、家畜化されたネコの種類）である。

イエネコのルーツはヤマネコの一種リビアヤマネコにたどることができるが、これを初めて飼ったのは古代エジプト人である。大石孝雄は、古代エジプト文明にみられるネコの信仰と拡散の始まりについて次のように指摘する。

イエネコという形では、古代エジプト以前に飼われたという形跡がないので、ネコがエジプトで最初に飼われたのはまちがいがない。古代エジプトでは最初農民によって飼われ、第五王朝期（紀元前二七五〇―二六二五年）には首輪をつけたネコが描かれ、第六王朝期（紀元前二六〇〇年ごろ）には王の墳墓でネコの像が発見されている。本格的に飼われ始めたのは、豊作の続いた紀元前二〇〇〇年ごろからで、ネコ崇拝は第十二王朝期（紀元前一九九一―一七八六年）に始まったとされる。古代エジプトではネコの虐待が禁止され、たとえ過失でもネコを殺した者は死刑か追放、あるいは終身刑にされた。王ファラオはネコの輸出を厳禁し、そのためエジプトのネコは長い間、門外不出の動物となった。しかし、ネコの密輸により少しずつ国外に出ていったと思われる。(1)

こうして密輸によって持ち出されたネコは、世界中に伝播する過程でヨーロッパヤマネコなどの遺伝子が流入し、また、ヒトとの共生のなかで起きた変異や計画交配によって、現在の多様な品種へと分化していった。日本への流入は八世紀ごろとされ、中国から経典とともにネズミ対策として連れてこられたのがきっかけと考えられている。以降、農耕社会だった日本で、ネズミを捕るネコは益獣として重宝され全国に生息域を広げていく。

関敬吾『日本昔話大成』に登場するイエネコは、二十八話中十九話が飼いネコであり、九話は野良ネコ（特定の家に養われていないネコ）である。この野良ネコたちはすべて山猫と呼称されている。山猫というのは山で出合うからそう呼ばれているのだが、特徴はそれだけではない。

まず、民俗伝承でのネコの共通点は、飼いネコも山猫も、みなただのネコを超える力を有しているということだ。これは世界共通の特徴で、「猫に襲われた仕立屋」（イギリス）、「ガット・マンミオーネと猫たち」（イタリア）、「悪魔のような猫」（ドイツ）など、魔力を有するネコの話が各地で収集されている。(2)

日本の民俗伝承のネコは、人語を操る力や、二足で立ち手ぬぐいをかぶって踊る力、棺桶を空高く持ち上げる力や、死してなおヒトを呪い殺そうとする力を有し、彼らは一様に妖力をもつ存在として語られている。また、ほかの動物民話と比較すると、ヒトを殺そうとする話が多いという特徴がある。ネコは、どれほどヒトなれしていても獣性を失わないのである。

飼いネコがヒトを殺そうとする動機は、約束を反故にされたからだったり、家を乗っ取ろうと画策した結果だったりする。彼らはその鋭い爪や牙、もしくは尾につけた毒や呪いによってヒトの命を狙う。殺しおおせた場合は、その死体を置いて姿を消し二度と戻らないというのが典型的なパターンである。一方、山猫がヒトを殺そうとする動機は捕食である。これはすべての話型に共通し、飼いネコの話型と明確に区別されていることがわかる。つまり、山猫とは、山野でその本性を現す、ヒトを捕食するネコのことを指す言葉なのである。

「注文の多い料理店」に登場する、東京からやってきた紳士を捕食しようと画策する三匹の山猫は、まさに民俗伝承の山猫といえるだろう。だが、一方で「どんぐりと山猫」の山猫、そして「蜘蛛となめくぢと狸」「寓話 洞熊学校を卒業した三人」（以下、「洞熊学校」）の山猫大明神はこれに当てはまらない。では、イーハトーブでの山猫と飼いネコはどのように区別されているかというと、その一つは棲む場所である。イーハトーブの飼いネコは「猫の事務所」「クンねずみ」「鳥箱先生とフゥねずみ」「セロ弾きのゴーシュ」に登場する。彼らはヒト社会に入り込み、ヒトが作ったものを利用して生活している。反対に、山猫は決して山を出ない。民俗伝承の山猫は、「二五三Ａ　猫と釜蓋」の話のように、飼いネコに化けて猟師の家に入り込み好機をうかがう。この山猫は境界を自由に渡ることができる。だが、イーハトーブの山猫にとってこの境界は絶対らしい。「どんぐりと山猫」では、一郎の家に行くことができない山猫のかわりに、馬車別当が葉書を届けている。

イーハトーブのネコの特徴として挙げられるもう一つの点は、妖力の有無である。イーハトーブの飼いネコは、かま猫も三毛ネコも猫大将も、誰一人として妖力をもたない。妖力をもつのは山猫だけなのだ。一方、「蜘蛛となめくぢと狸」「洞熊学校」で大明神として祀られる山猫は、林の動物たちからその神性を信じられていて、「注文の多い料理店」の山猫は、紳士たちが山に入ったところから彼らを化かしつづける強い妖力を有する。「どんぐりと山猫」の山猫は、彼自身が妖力を行使する場面はないが、テクストの終盤で登場する馬車に、シャルル・ペローの著作である「サンドリヨン」、日本では『シンデレラ』という題で名高い童話の影響が見て取れる。

「よし、はやく馬車のしたくをしろ。」白い大きなきのこでこしらえた馬車が、ひつぱりだされました。そしてなんだかねずみいろの、おかしな形の馬がついてゐます。

「さあ、おうちへお送りいたしませう。」山猫が言ひました。二人は馬車にのり別当は、どんぐりのますを馬車のなかに入れました。

ひゆう、ぱちつ。

馬車は草地をはなれました。木や藪がけむりのやうにぐらぐらゆれました。一郎は黄金のどんぐりを見、やまねこはとぼけたかほつきで、遠くをみてゐました。

馬車が進むにしたがつて、どんぐりはだんだん光がうすくなつて、まもなく馬車がとまつたときは、あたりまへの茶いろのどんぐりに変つてゐました。そして、山ねこの黄いろな陣羽織も、別当も、きのこの馬車も、一度に見えなくなつて、一郎はじぶんのうちの前に、どんぐりを入れたますを持つて立つてゐました。

一郎が乗り込んだ「白い大きなきのこでこしらえた馬車」には「ねずみいろの、おかしな形の馬がついてゐ」る。これは、「サンドリヨン」に登場するスイカを使った馬車とハツカネズミの御者に非常に似通っている。

宮沢賢治とシャルル・ペローの関係について、私市保彦は「従来、賢治とアンデルセン、グリム、キャロル、トルストイとの関係は語られても、ペローについては誰もが沈黙してきた。これは、賢治がペロー童話について沈黙していることの裏返しであることはいうまでもない」と前置きしながらも、「風の又三郎」に「サンドリヨン」の影響──特に翻訳作品である「水晶の靴（灰娘）」の影響が強く、「その訳で注目すべきは「女神（妖精のこと）」が「水晶の靴を一足、灰娘に贈りました」という箇所である。というのは、「風の又三郎」の原型「風野又三郎」では、「水晶かガラスか、とにかくきれいなすきとほった沓」と賢治が書いているからだ。原文には「水晶の靴」といった表現はないから、賢治がこの訳からヒントをえたのはほとんど疑えない[3]」と主張している。

日本には、「サンドリヨン」の翻訳は大別するとペロー版とグリム版の二種類のパターンがある。「水晶の靴（灰娘）」はペロー版で、灰娘を助けるために登場する女神が、彼女に「西瓜を一ツ採つて来らつしやい」と言い、それを「金銀で立派に飾つた馬車」に変え、「捕鼠器」のなかの「廿日鼠」を魔法で「立派な馬」に変えるという描写がある[4]。一方、「水晶の靴（灰娘）」の一年前に出版されたグリム版では、鳩や小鳥が灰かぶりさんを手助けするというシナリオになっており[5]、同時期に翻訳された「サンドリヨン」のうち、宮沢賢治がふれた翻訳がペロー版の「水晶の靴（灰娘）」であることを示唆している。宮沢賢治が、「風の又三郎」にかぎらず、「どんぐりと山猫」でもここからヒントを得て、「きのこでこしらえた馬車」と「ねずみいろの、おかしな形の馬」を創作した可能性はきわめて高く、裁判長の山猫が女神のような力をもっていた可能性もまた、同様に高いといえるだろう。

以上から、イーハトーブでは、飼いネコはヒトの生活圏に住む妖力をもたないネコ、山猫は山に住み妖力をもつネコと、明確に区別されているといえる。

2　狡猾と学問的優秀性

イーハトーブの山猫と飼いネコは全く別の動物に見えるし、山猫だけが妖力を行使することから、先行研究では山猫が登場するテクストとネコを扱うテクストは別のグループと見なされ、あまり比較されてこなかった。だが、彼らは本質的には同じネコで、共通する特徴をいくつももっている。その一つが彼らの知性である。

ネコには、狡猾、ずる賢いというイメージが付き物だが、これはイソップ寓話集でもすでに描かれていて、渡部温訳『通俗伊蘇普物語』「第七十三　猫と鼠の話」のネコは、ネズミを何とか楽に捕まえようと考え、巧妙に死んだふりをする。

猫年老《としよつ》て壮時《まへかた》の様に鼠を追駆《おつかけ》る事が出来ず。そこで如何《どう》かして手の届く所へ。鼠を誑誘《おびきよ》せんと思ひ。自《みづか》ら体《からだ》を袋に入れ。首と手足をさし出《いだ》し。死《しに》たる猫の吊《つる》された様に見せて。低架《たな》の腕木《うでぎ》へ足を踏かけ。手を下へつき。倒懸《さかさま》になりて息を殺して居ると。やがて老鼠《ふるねづみ》二疋天井より降来《おりてき》て。遠くより是を伺《うかゞ》ひ。中〳〵傍《そば》へは寄《より》も付かず。(6)

日本の民俗伝承も、ネコの狡猾な作戦や知恵によってヒトが得をしたり、命をおびやかされたりする話が多い。これについて平岩米吉はネコの狩猟方法が原因と指摘する。

洋の東西を問わず、猫がいずれも魔物として扱われ、ひどい冤罪をこうむったのは、たしかにその生態に妖しい現象が見られたからに違いない。前述のように瞳の形が変わったり、暗いところで毛をなでると光ったりするなどだが、しかし、また、猫の性質にもその原因がなかったとはいえない。

いうまでもなく、猫の狩猟法は犬とはまったく異なり、犬が集団で走力を武器として獲物を堂々と追い詰めて手に入れるのに、猫は、ひとりで爪を隠してこっそり忍び寄ったり、物陰に隠れて待ち伏せしたりする。これを陰険と思われても致し方がない。(7)

ネコ科の狩猟法については、パウル・ライハウゼンが次のように解説している。たしかに、何分間にもわたって獲物の隙をうかがう姿や、素早い突進などは狡猾なイメージに結びつきやすい行動のように思われる。

獲物がいるのを見つけると、体をかがめて、獲物めざしてさっと走り寄る。あたりに身を隠すような物陰があるかどうかにもよるが、獲物から二〜五メートルぐらい手前のところまで来ると、立ち止まって、待ち伏せの姿勢を取る。（略）猫はこの姿勢のまま、獲物を何分間もずっと見つめつづけることがある。（略）走りながら、あるいは何回か低い跳躍をして突進する。

ついに獲物にとびかかるときも、まだそれまでと同じぐらい低い位置から、獲物に到達する。(8)

イーハトーブのネコも、同様に狡猾である。それが顕著に表れているのが「注文の多い料理店」の山猫である。山猫軒の注文には同音異義語や読み間違いを誘導する書き方による巧妙な罠が幾重にも張り巡らされ、紳士たちは自分で自分を窮地に追い込んでいく。「注文の多い料理店」という言葉を、紳士たちは繁盛している店と読むが、実際は二人に対して注文が多いという意味だったし、「すぐたべられます」は、すぐに二人が食べられてしまうという意味である。最後の扉に書かれた「さあさあおなかにおはいりください」のおなかは、なかではなく、お腹という意味とも取れる。「セロ弾きのゴーシュ」の三毛猫も、ゴーシュを焚きつけて「トロイメライ」を弾いてもらい、安眠を得ようという魂胆があった。また、「クンねずみ」に登場する猫大将の子どもたちも言葉のすり替えによるごまかしがうまい。父親との約束を破り、先生であるクンねずみを食べてしまった子どもたちは、即座に屁理屈をこねる。

そこへ猫大将が帰って来て、

「何か習ったか。」とききました。

「鼠をとることです。」と四ひきが一緒に答へました。

だが、イーハトーブのネコの知性は、狡猾さだけに収まらない。彼らは勉学の面でもその優秀性を示している。「クンねずみ」の子ネコたちは、ネズミの講義を簡単に理解してしまい、クンねずみは強烈な嫉妬心に駆られる。

ところがクンねずみはあんまり猫の子供らがかしこいのですっかりしゃくにさわりました。さうでせう。クンねずみは一番はじめの一に一をたして二をおぼえるのに半年かかったのです。

「セロ弾きのゴーシュ」のネコも音楽への造詣が深い様子が見て取れるし、「どんぐりと山猫」の山猫は裁判を司る裁判長である。「月夜のけだもの」で獅子大王が「裁判といふのはもっとえらい人がするのだ」と言うところをみると、山猫は「えらい」動物なのである。

また、「猫の事務所」のネコたちは、エリート役人として描かれている。事務所は、中国の科挙に似た試験を突破した優秀な五匹のネコが運営する。牛山恵は、「彼らは、能力もしくは素養面での優位性によって、書記という職を得、尊敬と羨望を受けるという特権を手にした。しかし、彼らが手にした特権は、個としての優位性のためばかりではなさそうだ。なぜなら、「なにせ事務長が黒猫なもんですから」という語り手のことばによって、この猫社会にも、毛色の違いによる猫種差別があるらしいからである。猫種によって〈社会的・政治的不平等〉が生じている」[9]と指摘する。たしかに、事務長が黒ネコであることがあえて強調されている点や、かま猫が優秀であるにもかかわらずほかの書記から認められない点から、ネコのコミュニティが家柄や容貌による格差という社会問題を抱えていることは事実である。これは結局テクストの後半で露呈し、事務所の解散という結末を迎えた。だが、キリスト教文化圏で不吉の象徴とされて猛烈に嫌われた黒ネコが事務長を務め、嫌われ者のかま猫が試験を突破して書記の仲間入りをしているので、あくまでも試験自体は学力だけによって判断される公正なものと考えられる。かま猫びいきの語り手はかま猫以外のネコたちを「賢いように見えてばか」と評するが、「猫の事務所」のネコたちが頭脳明晰であることはまちがいない。ネコの知性に、狡猾さだけではなく〈学問的優秀性〉という要素が追加されていることは、イーハトーブ独自の特徴といえるだろう。

余談だが、日本では黒ネコはからすと呼ばれ、ありがたがられた存在だったらしい。岡田章雄は「江戸のころには黒猫は烏猫と呼ばれ、癆痎つまり肺病を患った時にこの猫をそばに飼っていれば癒るという俗信があった。(略)まじり毛のない黒猫を福猫と呼び、幸せをもたらすものとしたり、それを飼うと悪い病気がうつらないとする俗信は、地方によってはいまでも残っている[10]」と指摘する。イーハトーブの黒ネコにこうしたイメージの影響がみられないというのは興味深い。

また、かま猫は寒がりであることを理由に虐げられるが、これは中国でのネコの良し悪しを決める基準の影響を受けている。平岩米吉は、黄漢『猫苑』(一八五二年ごろ)の「初夏者名早蠶猫、亦善、秋季次之、夏為劣、以其不耐寒[11]」(初夏に生まれる者は早蚕猫と呼ばれ、これもよく、その次は秋、そして夏は寒さに弱いのでさらに劣る〔日本語訳は引用者〕)を挙げ、「猫の寿命を十二年とし、妊期二か月で、冬生まれがよく、春と秋がこれに次ぎ、夏生まれが劣るとされている[12]」と指摘する。また、岩手県では「カマネコ」という言葉は日常的に使われていたようで、米地文夫は用例について次のように指摘する。

「カマネコ」という奇妙な語は、昭和十年代後半の岩手県では、日常、使われていた。その用いられ方には、筆者の（当時の山目国民学校、現一関市における）体験では、次の二種類の事例があった。一つは黒く顔を汚した者の形容で、習字の時間に顔に墨をつけてしまった同級生が、「カマネコ」みたいだと、皆にからかわれたことである。もう一つは、寒がりの怠け者の形容で、ストーブのそばに立っていて掃除をサボっていた同級生が、先生に「カマネコ」みたいなことをするな、と叱られていたことである。つまり、竈のそばや中で、煤で顔などを汚して惰眠をむさぼっている猫のイメージで、なんとなく図太くて薄汚れた感じの猫であり、賢治の描いたひ弱な「かま猫」とはやや違ったニュアンスのものであった。（略）「かま猫」は夏に生まれたので皮が薄いため、寒がりの猫だという想定は、賢治の創作であると筆者は考える。（略）もちろん、猫はすべて寒がりであり、竈猫になるのは生まれた季節とは本来は無関係である。[13]

こうした特定のネコに対する様々なイメージがつなぎ合わされ、イーハトーブのネコイメージは形作られているのである。

3 生物からの解放

ネコを文化史の視点でみていくと、必ず女性が登場することに気がつく。これは現在も比喩表現にその姿が残り、キャサリン・M・ロジャーズは、かわいらしい女性を指す言葉は「kitten」つまり「子ネコちゃん」であり、「子ネコ」を意味する「pussy」は、女性器や性交の対象としての女性を意味すると指摘する。(14)

初めてネコを飼った古代エジプト文明でその存在が同一視されたバステト神は女神であり、女性の性的魅力や多産の象徴だった。また、ヨーロッパの民俗伝承には妻がネコだったという話が多い。オーストリアに伝わる「粉屋の見習い小僧と猫」(15)もその一例である。昔、あるところに弟子を取りたがらない粉屋がいた。なぜ弟子を取りたがらないかというと、弟子を取った次の日に必ず死んでいるのが見つかるからだった。そこに、怖いもの知らずの男が弟子として雇ってほしいとやってくる。かたくなに断る粉屋だったが、男に説得されて、しぶしぶ雇うことになる。その日の夜、弟子の枕元にやってきたのは大きいネコだった。弟子は小さな斧でネコの前肢を切り落とし、事なきを得る。すると次の日、昼になっても粉屋の妻が寝室から出てこない。粉屋が寝室に行ってみると、妻の手は切り落とされていて、粉屋は自分の妻が悪い魔女だったことを知った。

このように女性と同一視されてきたネコは、時代が下るとともに、性産業に携わる女性や、性的に奔放で貞淑ではないとして嫌悪されるタイプの女性と関連づけられるようになっていった。キャサリン・M・ロジャーズは、ピエール＝オーギュスト・ルノワールの『若い女性と猫』やナサニエル・ホーンの高級娼婦キティ・フィッシャーの肖像を例に、ネコと女性を同じ絵のなかに描き込むことは、豊満な肉体美や女性の性に対する強欲の表現として機能してきたと指摘する（図8―2）。

　さらに論理は拡大され、猫は、女性が隠し持った本性を非難するために使われている。この飛躍した比喩は、疑いようのない真理だと思う人がいてもおかしくないくらい、実に頻繁に用いられてきた。（略）爪を隠しながらも優雅に振舞い、盛んに交尾相手を求めたかと思えば、冷淡に自己利益だけを求める猫の姿は、女性の愛は条件つきだ《ママ》言う人々にとっては、格好の比喩になった。(16)

図8-2　キャバレー・シャノアールのプログラム
（出典：キャサリン・M・ロジャーズ『猫の世界史』渡辺智訳、エクスナレッジ、2018年、14ページ）

　こうしたまなざしは、ネコが一生のうちに何度も発情期を迎えることや、毛づくろいを習慣的におこなうという習性が関係していると考えられ、日本でも同様の見方がなされていた。民俗伝承ではネコの性別に言及されることはまれであるため断定が難しいが、ネコが老婆に化ける話や留守番をする妻と秘密を共有する話は複数みられる。なかでも、『聴耳草紙』の「九六番　怪猫の話」の「(その七)」「(その八)」でネコが浄瑠璃を語る話は、ネコに芸子のイメージを重ねている可能性が高いだろう。浄瑠璃は、三味線に合わせて語る人形劇のことだが、この三味線はネコの革を貼った楽器であり、ネコはヒトにとって狩猟の対象でもあった。イーハトーブ童話でも、「猫の事務所」や「ポラーノの広場」で、ネコが人間に釣られる可能性に言及している。ここから連想ゲームで、ネコは芸子や遊女のあだ名になっていく。岡田章雄は、芸者とネコの関係について次のように指摘する。

芸者を猫と呼んだのは江戸以来のことで、「守貞漫考《もりさだまんこう》」には、「三紘《さんこう》の皮猫皮を良とす。故に三都とも弾妓を異名して猫と云。常の方言なり」と記している。芸妓とは限らない。遊女や娼妓も猫の部類で江戸には金猫、銀猫がありまた山猫もあった。

　猫じゃ猫じゃとおしゃますが、猫が下駄はいて杖ついて、絞りの浴衣で来るものか。

という俗謡は明治の初年から流行し、「おしゃます踊り」もこれに伴っていた。その猫も時には鯰をくわえこんで上流社会に羽ぶりをきかせた。鯰とは政府の高官のこと、そのころには高官の夫人や二号におさまった芸者もすくなくなかったのである。

　あっぱれ立派な鯰をおさえ　でかした猫だといわれたい

という都々逸もある。(17)

（ふりがなは引用者）

また、山岡元隣『古今百物語評判』（一六八六年ごろ）には、「女の性に似りむべなる哉化て老女と成て人をたぶらかす[18]」とあり、女性とネコの性質が似ていると述べられている。こうした連想は「泥棒猫」「女の心は猫の眼」「傾城は猫」など、ネコと女性を同一視する様々な表現を生み出した。また、小説でも定番のモチーフとして使用され、梶井基次郎「愛撫」（『檸檬』武蔵野書院、一九三一年）では、愛猫ミュルの前肢を使って化粧をする女性が官能的に描かれ、谷崎潤一郎『猫と庄造と二人の女』（創元社、一九三七年）にも夫にかまわれるネコに妻が嫉妬する様子が描かれている。日本でも女性とネコを同一視するまなざしは一つの様式として長く続いてきた。だが、キャサリン・M・ロジャーズは、こうした視点はあくまでも男性からみた女性にだけ表れると指摘する。

猫に喩えられてきた側の女性たちは、猫に性的な意味を見出すことはまずないと言ってよい。男性画家が女性と猫を同時に描いた場合、そこには、ほぼ例外なく何らかの性的な含みがあるが、女性画家がネコをそのように使うことはあまりない。（略）

男性がネコを都合よく用いて、女性の誘惑と冷淡を攻撃するならば、女性のほうも猫を用いて、女性に要求ばかりする男性の身勝手を暴くこともできる。女性作家にとって猫は、セクシュアリティではなく独立を表すシンボルとして、因習的な性役割や期待から開放《ママ》するものとなり得る[19]。

この理論に従えば、男性である宮沢賢治によって作られたイーハトーブ世界のネコにも性的な意味が含まれているはずだが、実際は女性的な要素は一つもみられない。この理由を、イーハトーブ童話があくまで童話であり、子ども向けのテクストであるからとしてしまうと、弱肉強食や差別、金や名誉に対するヒトの欲望などが生々しく描かれていることとの間に矛盾が生じる。つまり、イーハトーブのネコからは、性的イメージだけが意図的に排除されているのである。

ネコのテクストのなかで、彼らの性別はオスで統一されている。「どんぐりと山猫」の山猫は陣羽織を着て登場していかにも男性的だし、「注文の多い料理店」の子分の山猫は二匹とも一人称が「ぼく」で、リーダーのことを親分・親方と呼んでいるためこれもオスだろう。「蜘蛛となめくぢと狸」「洞熊学校」の山猫大明神は阿弥陀如来と同一視され、これもまた男性神である。「猫の事務所」も、白ネコはほとんど発言しないため不明だが、黒ネコは一人称が吾輩、虎ネコ・三毛ネコ・かま猫は僕である。「セロ弾きのゴーシュ」の三毛ネコも、「みにくいアヒルの子」に登場する「息子ちゃん」がモデルだからオスだろう。そして、「鳥箱先生とフゥねずみ」「クンねずみ」の猫大将は、そもそも大将というあだ名がついているし、子ネコからお父さんと呼ばれているためオスと断定できる。

特に三毛ネコがオスであるという設定と子育てをするオスネコという設定にはこだわりが見受けられる。というのも、三毛という毛色は通常、X染色体を二つもっているメスにだけ発現する毛色であり、オスに発現することは非常にまれなのである。また、オスネコの子育てへの関与も、ネコの習性上は基本的にありえない。したがって、ネコの性別がオスで統一されていることには作者の意図があると考えるのが自然である。この徹底した性的イメージの排除は、ネコにかぶせられた汚名に対する反抗と批判であり、同時にネコを生物という定義から解放しているといえる。イーハトーブのネコは生き物という枠に収まる存在ではないのだ。

４　風から生まれ、風に帰る

「どんぐりと山猫」や「注文の多い料理店」の主人公たちは、信時哲郎が「風とは異界の指標であり、一郎の出かけるのが〈山の中〉ではなく〈風の中〉とされているのは、単に〈山の中〉という空間に立ち入るという意味だけでなく、異界に立ち入るということを強調しているからだと思われる」[20]と指摘するように、風が吹く場面で異界に入ったと解釈され、したがってネコも主人公とは別の世界に住む異界の住民であると読まれてきた。たしかに、ネコが登場する場面、そしてテクストの終盤では必ず風が吹く。だが、はたしてネコは風とともにやってくる存在なのだろうか。

（四月の夜、とし老《と》った猫が）
友達のうちのあまり明るくない電灯の向ふにその年老った猫がしづかに顔を出した。
（アンデルゼンの猫を知ってゐますか。
　暗闇で毛を逆立てゝパチパチ火花を出すアンデルゼンの猫を。）
実になめらかによるの気圏の底を猫が滑ってやって来る。

(私は猫は大嫌ひです。猫のからだの中を考へると吐き出しさうになります。)

猫は停ってすわって前あしでからだをこする。見てゐるとつめたいそして底知れない変なものが猫の毛皮を網になって覆ひ、猫はその網糸を延ばして毛皮一面に張ってゐるのだ。

(毛皮といふものは厭なもんだ。毛皮を考へると私は変に苦笑ひがしたくなる。陰電気のためかも知れない。)

猫は立ちあがりからだをうんと延ばしかすかにかすかにミウと鳴きするりと暗の中へ流れて行った。

(どう考へても私は猫は厭ですよ。)

イーハトーブでのネコのイメージを考察するうえで頻繁に引用されてきた、「初期短編綴等」に分類されるこのテクストには、語り手の「私」が「実になめらかによるの気圏の底を猫が滑ってやって来る」とネコを表現する一文がある。そして、テクストの終わりでネコは闇のなかに溶けるように「流れて」いく。ここでは、ネコはまるで液体か気体――姿形が変幻自在であるかのように描かれている。河合隼雄は、「賢治の作品に登場する猫たちの特性を一言で表現すると、風との類似性というのがいいのではなかろうか。(略)風のつかまえどころのなさ、いったいどこから来てどこへ行くのかわからない、優しくもあれば荒々しくもある、少しの隙間からでも入りこんでくる、などという性質は、猫にもそのまま当てはまる」[21]と指摘している。

それにしても、このテクストについて多くの研究者が「私」を宮沢賢治と考え、賢治は猫のことが嫌いだったようだと判じているのはなぜだろう。[22] 数多くのネコが登場するテクストを残し、落書きさえも残しているこの動物を、本当に宮沢賢治が嫌いだったなんてことがあるだろうか。もし、彼の動物の好嫌について考察するならば、民俗伝承と比較してあからさまに登場数が少ないヘビのほうがよほど嫌いだった可能性が高いと思われるが、どうだろうか。

話を戻して、ネコのテクストを風との類似性という視点で読んでみると、イーハトーブのネコは、〈形が定まらない〉という本質をもっていることがわかる。ネコと風の描写は、「どんぐりと山猫」の「風がどうと吹いてきて、草はいちめん波だち、別当は、急にていねいなおぢぎをしました。(略) そこに山猫が、黄いろな陣羽織のやうなものを着て、緑いろの眼をまん円にして立つてゐました」や、「注文の多い料理店」の「風がどうと吹いてきて、草はざわざわ、木の葉はかさかさ、木はごとんごとんと鳴りました。(略) その時ふとうしろを見ますと、立派な一軒の西洋造りの家がありました」のように必ず同時に現れているが、同じように、ネコが嵐や風に例えられる表現も非常に多い。「セロ弾きのゴーシュ」には「猫はまるで風車のやうにぐるぐるぐるゴーシュをまはりました」「猫が風のやうに萱のなかを走って行くのを見てちょっとわらひました」とあるし、「鳥箱先生とフゥねずみ」には「まるで、嵐のやうに黄色なものが出て来て、フウをつかんで地べたへたゝきつけ、ひげをヒクヒク動かしました。それは猫大将でした」と表現されている。ここで思い出されるのが『不思議の国のアリス』の「Cheshire Cat」(チェシャ猫) だ。このネコは、アリスが公爵夫人の赤ん坊だったブタが森へ駆け込んでいくのを見送った直後にアリスの前に現れる。

"All right," said the Cat; and this time it vanished quite slowly, beginning with the end of the tail, and ending with the grin, which remained some time after the rest of had gone.

"Well! I've often seen a cat without a grin," thought Alice; "but a grin without a cat! It's the most curious thing I ever saw in all my life!"(23)

［日本語訳］

「わかった」と言うと、ネコは、今度はとてもゆっくりと消えていきました。しっぽの先から消え始め、最後にはニヤニヤ笑いが残り、ネコがすっかり消えてもニヤニヤ笑いはしばらく残っていました。

「うわあ！　ニヤニヤ笑いなしの、ネコだけってのは見たことあるけど」と、アリスは考えました。「ネコなしのニヤニヤ笑いだけっていうのはね！　生まれて初めてだわ、こんなへんてこりんなものを見るの！」(24)

ゆっくりとネコの体が消えていき、最後にニヤニヤ笑いだけが残るという描写は、この作品のナンセンスを表す重要な表現の一つだ。チェシャ猫は空気に溶けて消えたり、かと思えば急に頭だけ現れたりと、その姿は変幻自在でつかみどころがない。飛田三郎による宮沢賢治の蔵書目録(25)には「Alice's Adventures in Wonderland and Through the Looking-Glass（Lewis Carroll）」が記され、『注文の多い料理店』の広告文にもアリスの名前が登場する。イーハトーブのネコたちはニヤニヤ笑いを浮かべることが多く、これもチェシャ猫を意識したものといえる。つまり、イーハトーブのネコは風とともに現れるのではない。風から生まれ、風に帰っていくのだ。

どのような大きさにもなれるネコは獣社会でも一線を画す存在であり、よって獅子大王が「えらい人」と称する巨大な存在にもなれる。「猫の事務所」のネコたちは飼いネコとしての姿を取っていて、獅子大王よりも小さかったため彼の号令で事務所は解散した。このことからネコは獣社会に属してはいるようだが、どの位置にも落ち着かない。

ネコはまた、イーハトーブの絶対的ルールである陰陽説にもとらわれない。現実のイエネコは昼夜を問わず活動するものの、夜のほうが活発に活動する傾向がある。しかし、イーハトーブでの彼らの活動時間はバラバラで、二十四時間活動しているとさえいえる。すなわちネコは、イーハトーブ世界のどんなルールにも縛られない、実体が曖昧な存在なのである。イーハトーブのネコは、山猫、飼いネコと分けられてはいるものの、その本質は共通している。彼らは生物としての枠を超えた自由な存在として、イーハトーブで描かれているのだ。

注

（１）大石孝雄『ネコの動物学』東京大学出版会、二〇一三年、九九ページ

（２）日本民話の会／外国民話研究会編訳『世界の猫の民話』三弥井書店、二〇一〇年

（３）天沢退二郎／金子務／鈴木貞美編『宮澤賢治イーハトヴ学事典』弘文堂、二〇一〇年、四二六ページ

（4）シャアル、ベロオ「水晶の靴」『セーヌの流』所収、星野辰男訳、通俗図書中央販売所、一九一五年、二五七ページ
（5）グリンム『グリンムの童話』田中楳吉訳（独和対訳独逸国民文庫）、南山堂書店、一九一四年
（6）前掲『通俗伊蘇普物語』九六ページ
（7）平岩米吉『猫の歴史と奇話』動物文学会、一九八五年、一九ページ
（8）パウル・ライハウゼン『ネコの行動学』今泉みね子訳、丸善出版、二〇一七年、一四ページ
（9）牛山恵「宮沢賢治の童話に見られる批評性――「猫の事務所」の読みを通して」「日本文学」一九九五年八月号、日本文学協会、五六ページ
（10）岡田章雄『犬と猫』（「日本人の生活文化史」第一巻）、毎日新聞社、一九八〇年、一六八ページ
（11）黄漢『猫苑』(https://ctext.org/wiki.pl?if=gb&chapter=961393)［二〇二一年一月十七日アクセス］
（12）前掲『猫の歴史と奇話』一四ページ
（13）米地文夫「宮沢賢治「猫の事務所」と郡役所廃止――政治的世界・民俗的世界・賢治の内面世界の重層性」「総合政策」第九巻第一号、岩手県立大学総合政策学会、二〇〇七年、二三―二四ページ
（14）キャサリン・M・ロジャーズ『猫の世界史』渡辺智訳、エクスナレッジ、二〇一八年
（15）前掲『世界の猫の民話』四一ページ
（16）前掲『猫の世界史』一四一ページ
（17）前掲『犬と猫』一七四ページ
（18）山岡元隣、而慍斎撰『古今百物語評判 巻之三』梅村三郎兵衛、一七五五年
（19）前掲『猫の世界史』一四六ページ
（20）信時哲郎「「どんぐりと山猫」論――改革者としての学童」「上智大学国文学論集」第二十七巻、上

智大学国文学会、一九九四年、五ページ
(21) 河合隼雄『猫だましい』(新潮文庫)、新潮社、二〇〇二年、一一二ページ
(22) 例えば、高橋直美「イーハトーヴ童話『注文の多い料理店』論——イーハトーヴ童話における山猫の意義」「ライフデザイン学研究」第六号、東洋大学ライフデザイン学部、二〇一〇年
(23) Lewis Carroll, *Alice in wonderland; Through the looking glass*, Dent, 1949, p. 56.
(24) ルイス・キャロル『不思議の国のアリス』河合祥一郎訳(角川文庫)、KADOKAWA、二〇一〇年、九〇ページ
(25)「宮澤賢治蔵書目録」、宮沢清六／天沢退二郎編『新校本　宮澤賢治全集』第十六巻下巻、筑摩書房、二〇〇一年

読書案内

〈動物観の関連書〉

▼『日本の動物観——人と動物の関係史』石田戢／濱野佐代子／花園誠／瀬戸口明久、東京大学出版会、二〇一三年

家庭動物、産業動物、野生動物、展示動物の四部で構成していて、ペット、畜産業、野生、動物園という切り口で、日本人がどのように動物と向き合ってきたかを考察する。空間弁別によって扱いを変化させる日本人の特性について、詳述している。

▼『妖怪・憑依・擬人化の文化史』伊藤慎吾編、笠間書院、二〇一六年

『日本書紀』から『妖怪ウォッチ』まで、〝異類〟と称される者たちが日本でどのようにして生まれ、扱われてきたのかを解き明かす。妖怪・憑依・擬人化の三部で構成していて、前近代から現代までの異類の変遷について、各部で網羅的に言及している。

▼『人間の偏見 動物の言い分——動物の「イメージ」を科学する』高槻成紀、イースト・プレス、二〇一八年

ことわざをはじめ、ペットや家畜として身近な動物、動物園などで見ることができる野生動物を中心に、動物観の起源と変遷、現代でのステレオタイプについて考察している。動物観学に興味をもった人への入門書。

▼『あなたの中の動物たち——ようこそ比較認知科学の世界へ』渡辺茂、教育評論社、二〇二〇年
イグ・ノーベル賞を受賞した比較認知神経科学の専門家による著書。ヒトと動物はどこから区別されるようになったか。心とはヒトにだけあるものなのか。認知能力を切り口にヒトと動物の共通点・相違点を明らかにし、ヒトの「心」の起源を探る。

▼『擬人化する人間——脱人間主義的文学プログラム』藤井義允、朝日新聞出版、二〇二四年
現代では擬人化はヒトにも起こっているとして、自我が薄れたヒトもどきの「私」を考察する。九章で構成していて、朝井リョウ、村田沙耶香、平野啓一郎、古川日出男、羽田圭介、又吉直樹、加藤シゲアキ、米津玄師の作品を「擬人化」「脱人間」という切り口で論述する。

〈宮沢賢治の関連書〉

▼『賢治鳥類学』赤田秀子／杉浦嘉雄／中谷俊雄、新曜社、一九九八年
賢治童話での「鳥」の重要性について、身近な鳥、家禽類その他、水辺の鳥、山野の鳥の四部に分けて生態から考察する。巻末には「宮沢賢治バードウォッチング」として、現存するすべての資料に登場する鳥の名前を掲示した資料が付属する。

▼『定本宮澤賢治語彙辞典』原子朗、筑摩書房、二〇一三年
宮沢賢治のテクストを読み解くうえで役立つ語彙辞典。一般的な語彙だけでなく、専門用語や宮沢賢治による造語も網羅し、それぞれ定義している。付録として、宮沢賢治の詳細な年譜や岩手県の地図、旅行

行動図も収める。

▼『宮沢賢治の地学教室』柴山元彦、創元社、二〇一七年
　宮沢賢治のテクストを手がかりとして、高校生レベルの地学について言及する。宇宙の仕組み、地球の仕組み、岩石と鉱物、地球の歴史、大気と海洋の五章で構成していて、多数のカラー図版を掲載する。賢治童話を読解するうえで必要な地学の基礎が網羅されている。

▼『賢治ラビリンス——夜の川のほとりのゴーシュ』金成陽一、彩流社、二〇二二年
　ドイツ文学者による比較文学論。六章で構成している。「ざしき童子のはなし」「セロ弾きのゴーシュ」「クンねずみ」「鳥箱先生とフゥねずみ」「ツェねずみ」「寓話 洞熊学校を卒業した三人」「毒もみのすきな署長さん」「オツベルと象」を取り上げ、グリム童話と比較する。

▼『賢治童話の魔術的地図——土俗と想像力』私市保彦、新曜社、二〇二二年
　フランス文学者による比較文学論。九章で構成している。賢治童話は、土俗的な文脈によって成り立つことで普遍性を獲得しているとして、「若い木霊」「銀河鉄道の夜」「ガドルフの百合」「ペンネンネンネンネン・ネネムの伝記」などを「世界文学」の視点で分析している。

あとがき——レイヤーとしての動物観

八章にわたって、イーハトーブ世界のキーアニマルたちについて分析してきた。本書を通じて、文明開化による日本人の価値観の変化がどれほど大きなものだったかを、動物観という切り口から示すことができた。日本人が（少しずつ変化させながらも）脈々と千八百年あまり受け継いできた動物に対するまなざしは、あっという間に新しい環境に共鳴し変化したのである。イーハトーブ世界はこの激動の時代のただなかで成立した。だから、キーアニマルたちは伝統的な特徴を有しながらも、新しい価値観で上書きされた動物観の影響を色濃く反映している。

したがって、彼らはある日突然、ポンと生まれた存在ではない。果てしなく長い人類史のなかで受け継がれてきた、様々なテクストの糸が交差することで生まれたのである。彼らは意図的に選び取られた文脈によって緻密にデザインされた、過去と地続きの存在なのだ。

イーハトーブ世界は「ドリームランドとしての日本岩手県」とされている。ドリームランドという言葉は、直訳すると〈夢の国〉であり、そこにはユートピア——どこにも存在しない理想郷——という意味が内包されているように思われる。だが、動物観という切り口でこの世界を観察すると、イーハトーブは平等や平和という理想が達成されていない世界だということがわかる。それどころか、キーアニマルたちは過酷な生存競争や差別にさらされている者が多い。容姿が醜いという理由で嫌われていたり、あらがいようがない本能によって他者を加害してしまったりする。こうしたことが要因で、彼らはコミュニティに参画することができない。はぐれ者たちにとってイーハトーブ世界は苦しみに満ち、フクロウのように死後の世界に救いを求める者もいる。

だがその一方で、クマのように断絶を抱えながら絆を結ぼうとする者たちもいるし、カエルのように芸術家としての素質を認められる者や、ネコのようにあらゆる理にとらわれない自由な者もいる。彼らの幸・不幸はイーハトーブ世界のなかで起きた一つの事象であり、それはヒト社会でも起こりうる。もちろん、原因はキーアニマルの本能や習性に紐づいているものだから、彼らは決してヒトの延長線上にある〈擬人化〉というカテゴリーに収まるものではない。いいことも悪いことも起きるキーアニマルたちの社会は、現実世界と同じようにヒト社会のすぐ隣に存在しているのだ。

つまり、イーハトーブ世界＝「ドリームランドとしての日本岩手県」は、人類の誕生からずっとつながってきた現実世界の上に、動物観というレイヤーを重ねることで成立したファンタジー世界なのである。このレイヤーはメガネのレンズのようなもので、これを通すと、私たちが普段見逃している隣人たちの世界、そして私たちの世界がよく見えるようになるのだ。

厳しくも美しく多様な世界イーハトーブは、いまも現実世界とともに続いている。私は、それが永遠であることを願ってやまない。

＊

本書の執筆にあたり、東京女子大学現代教養学部人文学科日本文学文化専攻特任教授・和田博文先生にご指導・ご鞭撻をたまわりました。ここに厚くお礼を申し上げます。

また本書は、東京女子大学大学院人間科学研究科博士前期課程で執筆した修士論文「宮沢賢治の童話研究――動物表象の切り口から」が松村緑賞刊行賞の授与を受けたことを踏まえ、大幅に増補・改稿して出版するものです。なお、本書の第2章は「宮沢賢治童話における〈クマ〉――他者として描くこと」（「東京女子大学日本文学」第百十八号、東京女子大学学会日本文学部会、二〇二二年）として公刊しています。本書と内容が一部重複していることをお断りします。

[著者略歴]
神田彩絵（かんだ さえ）
1996年、東京都生まれ
東京女子大学大学院人間科学研究科博士前期課程修了
専攻は日本近現代文学
論文に「宮沢賢治童話における〈クマ〉——他者として描くこと」（「東京女子大学日本文学」第118号）など。渋谷区立宮下公園で開催されたWedding Park 2100「Parkになろう」（2023年）でエッセー「豊かさは繋がること」を寄稿

宮沢賢治《みやざわけんじ》の動物誌《どうぶつし》　キャラクターを織り上げる

発行——2025年2月20日　第1刷
定価——2400円＋税
著者——神田彩絵
発行者——矢野未知生
発行所——株式会社青弓社
〒162-0801 東京都新宿区山吹町337
電話 03-3268-0381（代）
https://www.seikyusha.co.jp
印刷所——三松堂
製本所——三松堂

ISBN978-4-7872-9278-0　C0095